刮掉鬍子的我與撿到的女高中生

5

しめさば

插畫／ぶーた

Kadokawa Fantastic Novels

「咦……喂，沙優！」
儘管我嚇得出聲呼喚，
沙優卻在轉眼間就跑到樓頂邊緣，
用雙手湊在鐵絲網上發出脆響，就此停下。

「在吉田先生家做家務，
我完全不覺得辛苦耶。」
「是喔？」

「嗯……每天幫最喜歡的人做飯，
我很幸福。」

既不是情侶，
也不是家人的兩名男女，
一起生活了半年以上。

contents

序章

車裡一片安靜。

搭別人的車，總會有股獨特的皮革與橡膠味留在鼻子裡。

我從後座望著外頭景色。

車速頗快，車內卻幾乎沒有上下搖晃，使我體認到這輛車有多高檔。

要時間。

這麼說來，自己有兩年左右沒回老家了呢。如此的念頭在我心裡浮現。

成為社會人以後，偶爾回老家一趟，父母往往顯得比我想像中還要高興。

看他們那樣，我會覺得「何必對兒子這麼殷勤」，卻又感到有些窩心。

讀國中或高中時，每天都會回到家裡，然後跟父母交談……這樣的日常生活明明是理所當然的，可是一離開那種環境，我就忘了以往自己是怎麼和家人講話。

不知道父母現在過得如何？

他們該不會在擔心我吧……

我一邊思索這些，一邊望著車窗外，心思便逐漸放空，差點忘了自己目前正在何處做些什麼。

將視線轉往自己坐的後座旁邊，沙優就坐在那裡，而且她也一樣茫然地望著窗外的景色。

我望著沙優的臉龐，想試著稍微揣摩她內心的感受……

隨後，我理解到那是件困難的事。

沙優身處高中生的立場，卻長期蹺家。而現在……她正要回去不想回的家。

每當從車窗望見的景色流過眼前，沙優與自己不想去的地方便逐漸縮短距離。

我根本想像不了，她是懷著什麼樣的心思看著那些景象。

「嗯？」

當我朝沙優的臉龐望得出神時，她忽然把視線轉到了這裡，彼此目光交接。

沙優如小鳥般偏了頭。

她偏頭的動作明顯帶有「什麼事？」的含意，對此我只是搖搖頭。

「呃，沒事。」

「是嗎？」

意外鎮定的沙優又把頭偏向另一邊，微微地笑了笑。

長髮隨著她擺頭的動作柔順垂下。

目睹那一幕，我忽然注意到。

「妳的頭髮有留長一點呢。」

「咦？對呀，好像有。」

沙優從開始打工以後，似乎就自己去過幾次理髮廳，然而跟上次剪頭髮時相比好像又留長了。

「吉田先生，你變得會注意這些了呢。」

沙優消遣似的這麼說我，因此我百感交集地從她面前別開了目光。

「我碰巧注意到的。」

「呼嗯～碰巧啊。」

沙優念念有詞地應聲，然後嘻嘻地笑了。

「……下次我剪頭髮時，會在當地的理髮廳剪吧。」

把視線轉回車窗外的沙優這麼嘀咕。

當我遲疑該怎麼答腔時。

「……不曉得以往指名的理髮師還記不記得我？」

沙優的嗓音變得與先前截然不同，正在微微地顫抖。

「會記得的啦。」

我隨口這麼告訴她。

「要忘記接觸過好幾次的人，並沒有那麼容易。」

蹺家半年以上。

那對高中生而言，想必是漫長至極的一段時間。

可是，等到長大成人，又開始工作以後……對於每天彷彿都建立在同一套流程的人來說，半年根本算不了多久。

「對耶……說得也是。」

沙優依舊望著窗外說道。

「希望如此。」

最後她像在低聲祈禱的那句話，似乎被車窗外的景色吸收了。

此刻，我們正前往北海道。

第1話 歸途

「咦，吉田先生也要跟著來嗎！」

在我和沙優錯過彼此而引發大騷動的隔天。

我對來接沙優的一颯表示「我請了有薪假，所以想要協助沙優直到她回家」，一颯隨即露出了大為震驚的臉色。

連我本身都認為他的反應極為合理。

這種行為是在干預別人的家務事，況且除了「曾經收留沙優」以外別無交集的外人，要跟著回老家見他們兄妹倆的母親，情況說來未免太不可思議。

然而，我覺得正因為自己身為「曾經收留沙優」的人，有些事更應該由我效勞。

「我會這麼說，固然是希望協助沙優鼓起勇氣……」

我姑且試著將自己懷有的想法全盤告訴一颯。

「沙優在蹺家的旅途中，停留最久的住處是我這裡。所以，我認為自己也有義務向她的母親解釋。」

能將沙優在這裡的起居狀況，以及她有多認真地過生活都確實告知對方的話，我想多少有助於讓她母親安心。

一颯默默地聽著我說這些。但經過幾秒鐘的猶豫以後，他朝沙優瞥了一眼。

「吉田先生，坦白講讓你費心至此，我心裡會過意不去。而且家母是否會相信你的解釋也實在不好說……」

一颯把話斷在這裡，然後將視線轉回我身上，露出了無力的笑容。

「但考慮到沙優的心境，你能來是大有助益的。」

話說完，一颯替我開了後座的車門。

「謝謝你。」

我低頭致意。而一颯緩緩地搖頭。

「那是我要說的話。」

他如此答道。

「那麼，能不能請教你們今天搭的飛機班次？總之能搭上就好，我向航空公司隨便劃個位子。」

這年頭搭交通工具訂票幾乎都可以透過網路劃位，因此我一邊拿出手機，一邊這麼告訴一颯。

畢竟是當天劃位，不趁早訂票的話，也有可能發生機位坐滿的狀況。

繫上安全帶的一颯回頭望了過來，笑容爽朗地搖頭。

「不不不，用不著那樣。」

一颯說著拿出手機，點了點畫面。接著，他直接把手機湊到耳邊。

「啊，喂喂喂。辛苦了。關於今天的飛機，能不能多訂一張票？對，同一個班次，位子越近越好。好的，拜託你了。謝謝。」

一颯簡潔交代了要辦的事，然後掛斷電話。

「我會請人幫你訂好。」

「呃……剛才那通電話是撥給誰的？」

儘管我心裡大概有譜，卻依舊苦笑著問他。

「當然是我的祕書。」

「當然是嗎……」

「是啊。所謂的濫用職權。畢竟我就是老闆。」

一颯一副沒什麼大不了地說著，隨即發動汽車引擎。

見狀，我內心忽然湧上疑惑，不禁直接開口問：

「身為老闆……你卻親自開車？」

我冒昧問了對方，一颯忍俊不住地朝後座回頭。

「平時有司機。然而這並非公務車，何況這次我開車出門辦的是『家務事』。」

「啊，說得也對……」

有道理。就算一颯身為大企業老闆，目前的狀況是要「帶家人回老家」，與公司業務全然無關。

我覺得自己問了丟人的問題，臉頰因而發燙。

大企業老闆會有專屬司機，這一點肯定沒錯，但是「隨時在旁待命」的刻板印象，或許就有漫畫或動畫看太多之嫌了。

「不好意思，謝謝你安排，連機票都幫我訂了。」

「沒關係。這相當於我奉上的謝禮。」

一颯顯得並不介意地這麼回答，然後交互看著我和沙優說道：

「我們先直接開車到機場。機票大概訂得到，因此搭機飛抵北海道以後……我們再從北海道坐車移動。」

一颯一舉說到這裡，接著呼了口氣。

「這段路會挺有距離。麻煩你先做好心理準備。」

話說完，一颯笑了笑，踩下汽車油門。

引擎隆隆作響，沉沉的震動一瞬間讓腹內隨之搖晃，接著……搖晃及聲響都悄悄靜了下來。

我想都沒想過，在自己的人生當中，居然會有讓大企業老闆用高檔車載著回對方老家的場面。

「吉田先生。」

在車緩緩開動的那一刻，旁邊的沙優看了我這邊。

「你……真的要來嗎？」

沙優似乎對當下的狀況仍無實際感，還帶著一副冷暖難辨的臉色，朝我偏了頭。

不知怎地，面對她那彷彿交雜著期待與不安的眼神以及疑問，我想不出該怎麼直接答話。

「畢竟……車已經開上路了。」

當我這麼回答以後，就聽見駕駛座的一颯發出了噗嗤笑聲。

「需要我停車嗎？」

「呃，不要緊！請直接出發。」

「呵呵。」

我完全成了消遣的對象。

我一邊感覺到臉頰再次發燙，一邊將目光轉回沙優身上。

「早說過我會照顧妳到最後吧。」

聽我這麼一說，沙優便放心似的微笑了。

「是嗎……你真的會來啊。」

嘀咕的沙優狀似在心裡玩味著那項事實，還點了好幾次頭。

「嗯，我覺得自己好像有勇氣了。」

我側眼看著沙優那麼說，然後微微吐了氣。

沒錯。

接下來，我要前往沙優出生的家。

我覺得自己跟她一樣，直到方才那一刻，我似乎都帶著有些虛浮的心態，把這件事當成別人該操心的事情。

取得一颯同意，汽車開動以後，實際感才隨之而生。

「……好。」

我用不會被任何人聽見的音量低聲嘀咕。

為了讓沙優能安然無事地返回出生的家，要協助她直到達成目標為止。而我正是因此同行。

為了堅定本身的目的與決心，我使勁握拳，深深吸氣……
逼自己吞了顆有失本色的定心丸。

第2話 飛機

出乎意料，機場一轉眼就到了。

大概是我自己沒有車的關係，平時我都不會開車移動，因此，我一直以為開車會比搭電車移動花時間。

一颯把車停到了專用的停車場。

「你要把車擱在這裡嗎？」

我問道，一颯便若無其事地回答：

「我會讓祕書過來取車。」

接著，他使了眼色補上一句話。

「畢竟我是老闆。」

「別再提我剛才失言的糗了啦……」

這個人的性格是不是比原本所想的還壞心啊……我在內心如此嘀咕。

然而，想到對方或許已經卸下心防到了肯跟我說笑的地步，感覺倒也不壞。

沙優也對我跟一颯的互動笑逐顏開。

但願我們能這樣保持和樂的氣氛直到回家，我心想。不過，事情恐怕沒那麼容易。物理上的距離越是接近家門，沙優必然越會想東想西。

我側眼看著沙優隨一颯走進機場入口，同時也在內心打定主意，要盡量避免干擾到她「用於思考的時間」。

抵達入口之後就快了。檢查隨身物品，將行李箱之類的大件物品給地勤人員保管，登機手續一轉眼便辦理完畢。

接著，抵達機位的我愣住了。

「這裡……不是商務艙嗎？」

「是啊，當然了。旅途漫長，要為狹窄擁擠的座位傷神並不好吧。」

「呃，讓你這樣破費實在不好意思啦……」

說歸說，要談到我是否付得起這趟航班的費用，手頭上倒是有困難……這且不提，當我開口以後，一颯似乎就預想到這些而笑了。

「有善心人士願意為了沙優來北海道，這點錢由我來出是應該的。何況……」

一颯說到這裡，若有深意地把話截住。

然後，他刻意揚起一邊嘴角，衝著我笑。

「我是當老闆的嘛。」

「拜託，這一套真的夠了！」

「啊哈哈。」

沙優被逗樂似的笑出聲音。

接著，她比我早一步坐到了可供斜躺的機位上。

「哇啊，好棒喔……！這坐起來好舒適！」

沙優略顯興奮地亮起眼睛這麼說。

「吉田先生，你也坐下來如何？」

受到一颯催促，我也戰戰兢兢地在沙優旁邊的位子坐了下來。

寬敞安穩的座椅椅面既不會太硬，也不會太鬆軟，讓人坐了只有「好舒適」的感想油然而生。

「的確……有夠舒適的耶。」

見我不禁脫口附和，一颯狀似滿意地點了頭。

「請放鬆心情度過這趟航程。有什麼事叫我一聲就好。」

他交代完以後，立刻從手邊行李拿出了薄型筆電。

我不小心瞄到螢幕一眼，他明顯是在開啟郵件匣。

或許大企業老闆得應付的郵件數量也非比尋常。

一颯如此忙碌，這次卻還是為了沙優而陪她回北海道，可見他也相當疼妹妹。

看到他一派自然地坐在商務艙座位，更讓我再次體會到彼此在根本上果然是居住於不同世界的人。

反觀沙優的臉色雀躍歸雀躍，朝機內張望的模樣仍顯得有些不自在。

「沙優，妳搭商務艙不太習慣嗎？」

我不假思索就問了對方，但是話一出口，又立刻轉念覺得普通的女高中生沒道理習慣搭機坐商務艙。

如我所料，沙優搖搖頭回答：

「別說商務艙，我本身是第一次搭飛機呢。」

「咦，是這樣啊？我還以為妳在旅行之類的場合起碼會搭過一次。」

「是啊。因為我們家……也不太會出門旅行。」

沙優的表情頓時黯淡下來。

我心想自己是不是觸動到負面的情緒而發慌，沙優卻突然換了臉色。

「所以嘍，像這樣搭飛機感覺有點好玩。雖然或許我在這時間提這些是悠哉過頭了……」

「不，我能體會。即使我是大人，搭商務艙也覺得有點雀躍。」

聽我這麼一說，沙優連連點頭，然後又開始朝座椅周圍的設備東張西望。

側眼看著那一幕的我靜靜嘆了氣，深怕被沙優聽見。

意外言及沙優灰暗的過去，使我反省自己的思慮不周。

儘管如此，由於初次搭飛機而興奮的說詞似乎屬實，沙優一會兒好奇地望著窗外，一會兒又試著把玩附在座椅前的螢幕。

看沙優像那樣展現出與年紀相符的稚氣，感覺非常新鮮。我想她在大人的面前只是努力隱藏，實際上像那樣的一面應該多得很。

與此同時，「搭乘飛機」的初次體驗讓沙優得以提振情緒，或許之後的事就暫時保留不予思考了。

雖然沙優真正的心思難以捉摸，目前我就是不想打斷她那愉快的模樣。

我改了主意，乾脆自己也來盡情享受初次體驗的「商務艙座椅」吧。

可供斜躺的機位被我一口氣調成了後仰的角度。

＊

「唔哇，天氣挺冷的耶……」

經過約兩小時航程，降落在北海道以後，氣溫差異先讓我吃了一驚。

因為東京氣溫尚屬「稍微轉涼了呢」的程度，我本來只打算帶著秋季的外衣出發，沙優卻苦口婆心地勸我「改帶冬裝比較好」……

「照這樣的話，穿秋裝來可就慘了。」

「對吧～？」

我忍不住說出心聲，沙優便嘻嘻地笑著打岔。

至於沙優本人的服裝，則是在制服襯衫上加了針織毛衣，外搭連帽衣，然後再多披一件西裝外套，嚴陣以待的防寒措施就此完成。

看起來有些鼓鼓的，卻依然讓人覺得顧及了時尚，這就是女高中生可怕的地方。

領完行李，從機場出口離開以後，一颯突然回頭朝我和沙優這邊說道：

「不好意思，我有點事要辦，能否請你們倆先在附近打發時間？」

這話來得唐突，不由得讓我愣住。

「有、有事要辦？」

我還以為抵達機場後，立刻就要前往他們的老家，純粹的疑問便脫口而出。

一颯帶著過意不去的表情回答：

「敝公司在札幌也有分社，我會以視察的名義到那裡露面。」

話說完，一颯略顯為難地露出了微笑。

「沒找個像樣的藉口……我實在離不開東京。」

聽了他的話，我再次體認到他既為沙優的兄長，同時也是一間企業的老闆。

而且，這表示一颯對雙方面都希望誠心付出。

「我明白了。」

沙優比我先做出答覆。

「大概要花多久呢？」

「哎，差不多兩、三小時。抱歉得讓你們等。」

一颯回話以後，沙優便柔柔微笑，搖了搖頭。

「不要緊。大哥光是帶我來這裡，就已經幫到我很多了。」

沙優的那句話，讓一颯貌似訝異地將眼睛睜大片刻。

於是，他略顯欣慰地微笑了。

「這樣啊。」

一颯點了點頭，然後看向我。

「不好意思，能請你照顧沙優幾個小時嗎？」

「當然。」

我點頭答應。而一颯低頭簡單致意說了「謝謝」以後，就拿出手機一邊去電聯絡，一邊快步離開。

「他走掉了耶……」

沙優目送一颯的背影說道。

「忙成那樣的大老闆，為自己妹妹做了這麼多……妳真的很受疼愛。」

我這麼告訴沙優。而她羞澀似的揚起嘴角，默默地點了點頭。

第3話 咖啡廳

「那麼……時間空出來了固然很好，但是要怎麼打發？」

我在機場前嘀咕。

一颯表示辦完事回來要花兩、三個小時，我們擅自移動得太遠應該有礙於彼此會合吧。

「沙優，這附近有沒有什麼妳想去的地方？畢竟我對北海道人生地不熟的……」

「也對喔，你都沒來過。吉田先生看起來就不會出門旅行。」

「的確，長大成人後，我除了員工旅遊以外都沒有去旅行。」

「啊哈哈，我就覺得是這樣。」

沙優笑著聳了聳肩，然後側眼望向我。

「即使如此，吉田先生多少也認得一些景點吧？」

被沙優問到的我開口嘟噥，並且稍作思索。

北海道……北海道……

提起北海道，我會想到味噌拉麵，以及螃蟹……有印象的盡是食物。

「啊。」

我低聲一呼，然後又轉向沙優那邊。

「比方說……克拉克博士立像？」

我這麼提議以後，沙優先是愣了一愣，接著就噗嗤笑了出來。

「那確實算知名景點啦，可是離這裡太遠了！從這裡走不到喔。」

被沙優哈哈取笑，使得我噘起嘴唇。

「我聽說那位在札幌啊……」

「確實在札幌沒錯。但你知道札幌有多廣闊嗎？」

「也是啦……果然，北海道這地方真夠大的。」

「呵呵呵。」

沙優被逗樂似的笑了一會兒，然後問我：

「要不然，我們先到處走走怎麼樣？可以當成……試著呼吸北海道的空氣。」

「……也好，就這樣吧。妳想去哪裡的話就立刻提出來。我有主意也會告訴妳。」

「我知道了。」

我們彼此點頭以後，便從機場離開，踏上了北海道的大街。

沙優總說北海道是鄉下地方，我卻覺得機場一帶跟東京差異不大。車流頻繁，行人也來去洶湧。

「滿像大都會的啊。」

我發出單純的感想，沙優就對此嗤之以鼻地告訴我：

「這裡算鄉下的都會區啦。」

「是喔……原來如此。」

鄉下的都會區，簡單好懂的比喻。

我住的地方剛好相反，感覺像「都市中的鄉下」。

離東京都心搭一班電車就能到，車站前還算繁華熱鬧……應該說，生活所需的店家齊備，然而從車站走個五到十分鐘以後，便全是樸素的住宅區及綠地了，大致如此。

聽沙優的口氣，這裡的定位應該算鄉下地方裡相對便利的市區吧。

哎，既然有設置機場，或許會成為商業區也是理所當然的。

「妳家所在的地方呢？」

「鄉下啦。鄉下中的鄉下。」

沙優狀似有些樂在其中地這麼說。

「哎，『旭川站』附近也有購物中心，以市區來講還算有模有樣，但只要走一小段

路就會接觸到大自然。北海道的都市全是這樣。」

「原來如此。」

之後我們倆都沉默了一陣子。

我一邊吸進遠比東京清涼澄澈的空氣，一邊走在路上。

兩個人緩緩地走在寬廣的步道，感覺有種悠閒情調。

我重新感受到……沙優之前就是從如此遙遠陌生的土地，一路來到了東京。

如今沙優在我的旁邊。

可是，她剛到東京時……不，嚴格來講應該更早……她從這塊土地啟程時，身邊是沒有任何人陪伴的。

獨自來到陌生的土地，又無處可以投靠。

我根本無法想像那會是多麼地無助而不安。

「啊。」

走在旁邊的沙優突然發出聲音，我自然而然將目光轉向她那裡。

「嗯？」

「呃，沒事……」

在沙優的視線前方有間咖啡廳。

「我在想……有咖啡廳耶。」

「妳想……進咖啡廳嗎？」

她望著的咖啡廳，感覺在東京也有看過，屬於那種四處可見的連鎖店。

「那個……嗯，對啊，或許我是想進去呢。」

「到那間咖啡廳？」

我反問，沙優便含糊地搖頭示意。

「不是，與其說是專指那間咖啡廳……我只是想找一間咖啡廳進去看看。」

「哦……這是為什麼？」

我本來覺得用不著問理由，既然她表示想去，我們大可直接進去。然而我基於好奇心便這麼問出口了。

我一問，沙優就顯得有些難以啟齒而語塞。

「啊……假如妳不方便說，不談這個也無妨啦。」

我想自己大概是問了難以啟齒的事情，只好急忙打圓場，結果沙優也一樣急著向我搖了搖頭。

「不會的！並沒有什麼不方便說喔。」

沙優用力搖頭以後，又停頓了片刻才回答我。

「……因為我沒去過幾次咖啡廳。」

「妳是指……在北海道嗎？」

「嗯……是那樣沒錯，離開北海道之後也是。你想嘛，女高中生不是都常去咖啡廳嗎？」

沙優的問法彷彿自己並不在女高中生之列，讓我不禁莞爾。

「哈哈……雖然我也不清楚……哎，女高中生的確給人那樣的印象沒錯。」

回答以後，我的心情變得有些複雜。

這應該表示，沙優明明身為高中生，以往放學後卻從未去過咖啡廳……像一般的高中生那樣玩樂。

「是嗎……那我們走嘍？到咖啡廳。」

我這麼接話，沙優便眼神一亮地點了點頭。

「嗯！走吧！」

罩在沙優臉上的短瞬陰霾褪去，看她的表情變得孩子氣，我才稍微安心。

我拿出手機，試著上網搜尋。

「呃……札幌……機場……咖啡廳……有品味……就用這些關鍵字好了。」

「咦，不是去那間咖啡廳嗎？」

沙優指向眼前的咖啡廳。但我搖搖頭。

「妳難得去咖啡廳耶？別挑這種稀鬆平常的店，找個氣氛雅致的地方比較好吧。」

我如此回話。而沙優眨了幾下眼睛以後，略顯欣喜地微笑了。

「……嗯，說得也對！找一間有品味的咖啡廳，用有品味的方式休息！」

「對嘛，就那樣辦……這裡妳覺得如何？好像要走十五分鐘左右就是了。」

我把搜尋到的咖啡廳秀給沙優看。

「北歐風格的內部裝潢，以及由咖啡師嚴選咖啡豆沖出的道地咖啡……很不錯耶！感覺氣氛好棒！」

沙優開心地點了頭並微笑。

場所決定好以後，我將住址輸進導航工具，一邊讓手機領路，一邊又悠閒地走了起來。

之後明明要去沙優母親在的老家，內心卻多了幾分鎮定。

我偷看身旁沙優的臉孔，發現她似乎也一樣多了幾分鎮定。

原本我還以為回到北海道，她終究是要開始緊張的。

「啊！是不是那間？」

沙優所指的方向，有一棟以焦褐色木材搭配木造露台構成的建築物。

「對……八成就是那裡。」

從機場走一段路，從大街拐進較寧靜的巷道以後，咖啡廳便落址於該處。

「好棒喔，真的很有咖啡廳的情調耶。」

沙優略顯興奮的模樣讓我感到寬慰。

「畢竟這正是咖啡廳嘛……」

我接了一句連自己都覺得乏味的話，隨即打開咖啡廳的門。

從品味獨具的外觀裝潢即可想像，店內裝潢也相當有質感。

牆壁與天花板是用保有原木造型的木材搭建而成，宛如北歐的小木屋，營造出柔和溫暖的氛圍。

儘管店裡幾乎座無虛席，幸好不用等就有人來領位。

或許是店內氣氛沉靜的關係，客人雖多卻不吵雜，環境讓我感到十分自在。

「好棒……原來咖啡廳這麼有時尚感。」

「倒不是每間咖啡廳都像這樣啦。我也是第一次來這麼有時尚感的店。」

「是喔？」

我回的話讓沙優露出了意外的臉色。

她的反應讓我蹙起眉頭。

「我看起來像會常跑時尚咖啡廳嗎？」

「唔嗯～被你一問，感覺確實沒有那種形象耶……」

沙優露出曖昧的表情說道。

「不過，以往我都覺得到咖啡廳對大家而言很稀鬆平常。」

沙優有些落寞似的這麼說。而我無言以對地看著她。

「歡迎光臨。感謝兩位來訪本店。」

店員拿了濕手巾與菜單過來。

沙優笑吟吟地收下它們。

「欸，吉田先生要點什麼？」

沙優不久前的落寞表情消失無蹤，一臉開心地將目光落在菜單上。

「我點特調咖啡。」

「冰的熱的？」

「熱的吧。」

平時喝罐裝咖啡，我買的以冰咖啡居多，但不知道為什麼來到咖啡廳的時候總覺得「難得來一次，喝個熱的好了」。

冒出這種念頭的是我自己，我卻老是搞不懂「難得」算什麼意思。

難道說有某種理由，讓我在無心間認為咖啡喝熱的比較有滋味？

當我如此思索時，沙優似乎也決定好點什麼了，她用力朝菜單一指。

「我點這個！」

「抹茶歐蕾嗎？」

「對啊。難得來一次，我想喝喝看甜的飲料。」

「呵。」

我忍不住對沙優講的話笑出聲音，沙優便「咦？」地偏了頭。

「沒事，沒什麼。」

我跟沙優對於「難得」的思考方向截然不同，況且她剛好用上我正在尋思的字眼，從雙方面被戳中笑點的我便笑著叫了店員過來。

「麻煩來一下！」

*

飲料送到，我們倆默默地喝著那些。

沙優喝第一口時還亮起眼睛稱讚：「香甜可口呢！」不一會兒就靜了下來，然後一邊望著窗外景色，一邊帶著平穩的表情喝抹茶歐蕾。

作為背景音樂播放的輕快民族樂曲，以及其他客人如樹葉搖曳般的交談聲，搭配起來恰到好處而令人愜意。

「關於剛才提到的那件事。」

沙優打破沉默，緩緩地開了口。

「以前我來咖啡廳，就只有大哥偶爾帶我出門的那幾次而已。」

沙優一邊這麼說，一邊又將目光朝向窗外。

寂寥感又從她的臉龐流露而出。

彷彿在回憶往事的沙優，一點一滴地說了下去。

「放學後要是不直接回家，我媽媽就會生氣，假日也大多不肯讓我出門……讀高中時，我甚至沒有主動想過要到咖啡廳。」

沙優說著說著便拿起吸管，看似別無用意地攪拌起抹茶歐蕾的液體。

淡綠色液體與漂浮於上的白色鮮奶油，兩者的分界線逐漸變得曖昧。

「後來到了東京，當我在街頭遊蕩時，就看見女高中生……彷彿理所當然地跟朋友一起進咖啡廳。」

沙優瞇起眼睛，宛如在回憶那情境。

「啊，原來高中生……是會到咖啡廳消費的。當時，我有了這樣的感想。」

她說話的口氣，讓我感到一絲心痛。

沙優也曾經是高中生。儘管如此，那表示她在精神上感受到自己與「普通的高中生」有所背離。

從沙優剛來我家時，就有許多跡象可以發覺她那「習慣客氣」的毛病過了頭。

然而，如果那一切都是沙優在學生時期的這類「受壓抑經驗」累積而成，我既可以理解其中緣由，同時也會受到一股無以適從的無奈感苛責。

當我無言以對時，沙優才總算將目光從窗外轉回來，並且看了看我。

隨後，她羞赧似的笑著說：

「所以嘍，吉田先生，沒有什麼事要辦卻能跟你來咖啡廳……我覺得好開心。」

「……是嗎？」

我設法擠出字句回應。

「那就好。」

「嗯。」

沙優表示幸好可以跟我來，這想必是她的真心話。

因為這陣子沙優已經不會用笑容虛應了。

不過，再隔一段時間，我希望沙優跟我分離以後，將來可以毫無感慨地隨興造訪咖啡廳。

沙優看起來心情平靜，不時還會閒著一邊拿吸管攪拌抹茶歐蕾，一邊悠然地享受身處咖啡廳的時光。

在她開口前，我也跟著沉默吧……起初我是這麼想的。

可是沙優實在「太平靜了」，因此我忍不住開了口。

「要回家，妳不怕嗎？」

我這麼一問，沙優便與我目光交接，眨了幾下眼睛。

接著，她為難似的笑了笑，然後回答：

「當然怕啊。」

沙優爽快地這麼回話，也讓我愣住了。

大概是因為我露出那樣的表情，沙優目睹以後就忍俊不禁地「呵呵」笑出聲音說：

「一定會怕的。所以才要讓吉田先生陪著我回來嘛。」

「話是那麼說沒錯……但總覺得妳看起來比想像中鎮定。」

我如此回話。而沙優露出曖昧的笑容，讓目光落到了桌面上。

接著，她點頭如搗蒜。

「的確是那樣。實際回來以後，我的心情比想像中還要穩定。」

沙優說完後，又用吸管攪拌抹茶歐蕾。

「因為我一直覺得，自己遲早得回來才行……」

原本一直用吸管轉圈圈，並將目光落到玻璃杯中的她，在這時悄悄地看向我。

「而『遲早』已經來到眼前了呢。」

沙優說的那句話，讓我起了點雞皮疙瘩。

我替沙優操心，似乎是為她著想，也似乎將她看扁了幾分。

因為她早就做好心理準備了。

要面對逃避至今的往事，當然會令人害怕。可是，她已經不能再從中逃避，更無意逃避。

既然沙優的心態是如此，會有「看似鎮定」的表現也確實可以理解。

「是啊……妳說得對。」

我對自己的膚淺感到懊惱，並且安分地這麼說道。

沙優看我這樣，便嘻嘻笑了笑。

「不說那些了……吉田先生，咖啡廳真是好地方耶。」

「嗯？」

「喝美味的飲料，時間徐徐流逝……」

沙優用吸管啜飲抹茶歐蕾，然後微微一笑。

「感覺有補充到活力呢。謝謝你。」

「……是嗎。」

含糊點頭的我也跟著喝咖啡。

剛端來時還熱呼呼的咖啡，一回神已經半溫不熱。

而且，隨著時間經過，滋味也略微不順口了。

我拿起小小的奶精壺一倒，加了些許到杯子裡。

純白液體觸及黑咖啡的潔淨表面，頓時有輕柔如雲的白色散開，像一陣琥珀色的煙在液面上翩然起舞。

光是望著那景象，感覺內心就逐漸沉澱下來。

「……的確不錯呢，咖啡廳。」

我嘀咕了一句。而沙優莫名開心地笑了笑，隨即點頭。

「對吧！」

我覺得自己目睹了她今天最為純真的表情，臉孔自然也跟著放鬆。

沙優一邊呵呵笑著，一邊用吸管攪拌抹茶歐蕾。

「……將來，我是不是也能像這樣……」

她平靜地說道：

「將走進咖啡廳當成一件理所當然的事呢？」

沙優說的那些話，讓我的心坎多了一份好似溫暖，又好似感傷而難以言喻的情緒。

為了斟酌用詞，我先是啜飲微溫的咖啡，然後嘆氣。

「等妳適應在這邊的生活，交到了新朋友，就可以跟他們一起去啊。」

與其說這段話是我對未來的想像，或許比較類似心願。

即使如此，光是想像沙優跟別人到咖啡廳，愉快地有說有笑的模樣，我的心就變得一陣暖洋洋。

希望會那樣，我心想。

「……嗯，說得對。我想要過那樣的生活。」

沙優也垂下目光，並且平靜地這麼回話。

後來，沙優若有所思地又拿起吸管攪拌著抹茶歐蕾。

她的視線落在桌面上。

那裡想必有「她對未來的想像」，會有我不認識的某個人跟她一起來咖啡廳玩。

這一次，算是預演。

明明並沒有什麼事情要辦，只是為了打發時間而來到咖啡廳……好讓沙優取回如此稀鬆平常的生活。

「說不定……我也會變成習慣一個人進咖啡廳的時尚大叔啊。」

見我打趣似的冒出這麼一句話，沙優睜圓了眼睛望向我。

看到她的反應，連我自己都覺得可笑。

「……不太好想像呢。」

「啊哈哈！對呀，太難想像了。」

沙優顯然擺著一副「該怎麼說好呢」的臉色，我便主動否定自己的假設，像是從緊張獲得解放的她因而開懷地笑了出來。

一邊喝飲料，一邊怡然自得地聊天的時間。

或許即將有什麼決定性的改變……在這般局面的前夕。

我和沙優兩個人共度了最後的閒散時光。

第4話 一步

「哎，我來晚了。難纏的事務比預料中還多……」

結果，一颯搭車回來是在經過四小時多以後的事。

我們剛過中午就飛抵北海道，現在太陽卻即將下山了。

「接下來要前往旭川……抵達那邊時已經入夜了呢。」

一颯蹙著眉說道。

「變成在晚上過去打擾，不要緊嗎？」

明明要見他們的母親，用這種不符常識的方式找上門，我擔心是否會有問題。

我問了以後，一颯當場聳聳肩。

「家母直到深夜都不會睡，所以不要緊。」

「原來如此……希望不會給令堂多添困擾。」

「請吉田先生不用太介意繁縟的禮節。」

一颯說著便對我微笑。

接著，他忽然露出難以形容的表情，並且嘀咕：

「更何況，家母目前腦裡想的盡是將沙優帶回去。時間對她來說應該不成問題。」

一颯說的那句話，使我和沙優都無言以對。

「不過，如果現在要找地方用餐，真的就要拖到深夜了……」

「要吃飯的話，在超商買一買就好了吧？」

一颯說完後，沙優便這樣提了主意。

點頭的一颯看向我這裡。

「萬分抱歉，你不介意這樣吧？」

「當然了，完全沒問題。」

「感謝。那我們在附近有看到超商就進去買晚餐吧。」

事情談妥以後，所有人便搭上車。

終於到了搭上車就要前往沙優他們家這一步。

我盡可能專注地望著窗外的景色，以免讓沙優發現我擱下她，自己先緊張起來了。

上路沒多久，我們就找到了便利超商，在那裡買完食物及飲料湊合。

汽車又重新駛向沙優的老家。

一颯邊開車，邊吸著軟罐包裝的營養果凍飲料。

果凍一口氣吸完以後，他利用等交通號誌的期間跟沙優搭話。

「直接開往家裡可以嗎？」

沙優並沒有立刻回答一颯的問題。

我原本以為所有人都打算直接往老家駛去。沙優的心思難以揣測，因此我側眼看了她。

沙優在猶豫幾十秒以後，似乎才下定決心開口。

「有個地方，我希望順路去一下。」

「哪裡？」

開車的一颯又問，沙優再次沉默了片刻。

接著，她狀似難以啟齒地回答：

「……高中。」

沙優這麼說道。而一颯也若有深意地沉默下來。

然後，隔了短暫的時間。

「……妳想去嗎？」

一颯彷彿要再次確認沙優的意願而問道。

「嗯。」

聽到沙優又簡潔地點頭肯定，一颯深深嘆了口氣。

「我明白了。」

他嚴肅地點頭，然後又重新緊握方向盤。

我再次側眼看了沙優。

低頭的沙優好像思索了一陣子，不久之後卻又把目光轉向車窗外了。

接著，她就這樣靜靜地變得動也不動。

不知道沙優此刻想的是什麼？

一週之前，我聽沙優談到了她的過去。

對沙優而言，「高中」應該稱不上盡是美好回憶的地方。倒不如說，負面的回憶恐怕比較多。

回到之前如此排斥回去的家，在達成這一大目標之前……我沒辦法想像，她決定順路經過那裡的用意究竟是什麼？

然而。

沙優正平靜地望著窗外，我也就無意多問了。

＊

汽車載著我們，颼颼駛過染上夕色的公路。

車流量零零星星，都沒有塞車，除了偶爾會被交通號誌攔住以外，並無多大耽擱的車程開得很順暢。

離開超商過了幾十分鐘，已經看不見高樓大廈，北海道的廣闊土地盡收眼底。

鄉下的風景。

明明一直待在大都市，光是看見這種景色就讓人有「啊，我回來了」的情思。

是的……我回來了。

我總算回到了逃避半年以上的，這塊土地。

正如吉田先生在咖啡廳所言，我確實莫名鎮定。

害怕回家的情緒，其實還沒有消失。

但是，對於現在要回家的事實，我比自己所想的更能冷靜接納。

結果，我認為自己只是缺乏勇氣而已，「踏出那一步」的勇氣。

無論做什麼，踏出最初那一步都需要莫大的勇氣。畢竟克服那一步以後，接下來就

只有繼續走了。

不過……我明明敢朝消極的方向越走越遠，真要像這樣邁步前進，卻花了很久……花了非常久的時間才克服。

我瞥向坐在汽車後座另一側的吉田先生。

微微的嘆息自然而然地冒了出來。

膽小的我能有勇氣踏出「第一步」，確實是託吉田先生的福。

正因為有他在背後支持，我才擠出了勇氣。

所以，這一次回來。

為了在背後支持我的人，也為了我自己……我覺得，我一定要好好地跟自己的過去做出了斷。

我不只是要跟母親見面對談。

在那之前。

原本我一直避免回憶的那個女生……我要好好地回憶，然後接納到心裡。

老實說，要去那個地方我還是會怕。我沒有信心能夠承受。

可是……現在有吉田先生陪著我。

老是依靠他，讓我覺得自己很丟臉。

即使如此……就算要依賴吉田先生，我還是應該前往那個地方。

否則……跟吉田先生認識的這段緣份，肯定就跟著白費了。

我一邊這麼思索，一邊望著車窗外高速流經的電線桿……總覺得自己的意識逐漸地變得恍惚，並且昏昏沉沉地閉了眼睛。

第5話 學校

「我們到啦。」

一颯將車停下這麼說，是在開上路以後過了約四小時以後的事。

時間已過晚間九點。

「駕駛辛苦了。」

我說道。而一颯伸了個懶腰。

「確實有點累人。」

回話的他露出了微笑。

我看向沙優那邊，發現她把頭倒向車窗，正在呼呼熟睡。

吵醒她固然不好意思，但既然我們抵達目的地了，只好把人叫醒。

「欸，沙優，看來我們到了喔。」

「唔唔……嗯？」

「我是指目的地到啦。」

「已經到了……？」

「車子開了四小時喔。」

「咦……那我好像睡了很久。」

沙優揉了揉眼睛，然後瞇眼望向窗外。

我看出她立刻「啊」地倒抽了一口氣。

沒錯，目前，車停在沙優曾經就讀的那所高中前。

沙優目光閃爍地從車裡朝校舍看了幾秒鐘，

然後，她緩緩開了車門，來到外頭。

由於時間已晚，校舍內看不見任何亮著燈的房間，只有校地外設置的路燈發出光芒，將校舍幽幽照亮。

沙優帶著讓人看不透情緒的表情，默默凝視著校舍。

接著，她徐徐開口。

「好，那麼……我過去一趟。」

沙優如此說道。

我跟一颯都對她這句話瞪大了眼睛。

「咦，妳打算進去嗎？」

見一颯狀似心慌地問，沙優若無其事地笑了笑回答：

「嗯，我知道有地方進得去。」

她那副笑容彷彿不容許別人有意見，拗不過她的一颯露出了困惑臉色，卻只有表示「別做危險的事喔」就答應讓她去了。

我也在想：夜深至此，讓女生獨自跑進學校沒問題嗎？然而熟悉環境的沙優本人都表示沒問題了，肯定不會有問題吧。

何況我又朝校舍看了一遍，怎麼看都不像有人。

多嘴礙到沙優的決心也不好，就默默地目送她吧……當我這麼想時。

沙優一步步地走來，還拉住我的衣服袖子。

「我希望有吉田先生陪著。」

「咦？」

要求來得意外，讓我發出了糊塗的聲音。

「為什麼？」

「……因為我一個人會怕。」

沙優簡單的答覆，讓我乏力地嘆了氣。

的確，雖說是自己以前就讀的高中，昏暗成這樣簡直像另一個世界吧。

假如單純是獨自摸黑走路會怕，有個人陪著肯定比較好。

我用目光向一颯確認，只見他默默地點了點頭。

「我明白了。」

我表示答應。而沙優略顯放心地呼了口氣。

「那我們走嘍。」

沙優再次告訴一颯。

「慢走。」

一颯簡潔答道，然後看向我。

「沙優就麻煩你了。」

「好的。」

我一邊對自己受到的信任深有感觸，一邊點頭。

「好。」

沙優彷彿下定決心而邁出了腳步。

我也跟在後頭。沙優卻略過了眼前的校門，沿著學校外牆往外圍走。

「不是要從校門進去嗎？」

我一問，沙優便搖了搖頭。

「雖然整間學校的保全設施都不算嚴密，卻只有校門裝了一部監視攝影機。」

「這樣啊。」

「即使不裝那種東西，也沒有人會溜進去的說。」

「妳現在不就打算溜進去嗎……」

「我又不是要做壞事。」

沙優漠然地一邊這麼說，一邊快步走去。

即使看了沙優的臉龐，我也只能用推測的方式來設想她目前走在通往學校的路上，會是什麼樣的心情。

有好幾次我都想直接問，然後又打消主意。

畢竟對沙優「有意願要做」的事情，我認為追問當中有什麼理由只是一種自我滿足罷了。

相對地，衝口而出的只有玩笑話。

「也沒有或不或許，這樣會構成非法入侵吧。」

我一說，沙優便嘻嘻地笑了。

「對耶。」

「妳還敢說……等等，先不談妳，我的身分露餡可就慘了。」

「鄉下高中在這種時候不會有人的啦。」

沙優說完以後，對我投以使壞似的視線。

「更何況，吉田先生之前做的事情不是更離譜嗎？」

「……說不過妳耶。」

擅闖高中，還把女高中生藏在家裡。

雖然說兩者皆屬犯罪，無論怎麼想都是後者罪刑較重。

「好，我們到嘍。」

在我們閒聊時，轉眼間就來到了校舍的後頭。

沙優指了位於校舍後頭，圍繞著校地的其中一片鐵絲網。

「你看這邊。幸好還沒有修理。」

在那裡，開了個蹲下來就能供單人通過的大洞，明顯是「刻意被弄破」的形狀。

「這個洞啊，是被中途蹺課的那些人越撐越大的，所以稍微蹲下就過得去。」

沙優一邊這麼說，一邊當場實際蹲下來，輕而易舉就踏進了校地之內。

當我彷彿事不關己地看過她示範以後，沙優便在鐵絲網的另一邊說：「來吧。」並朝我伸出手。

「吉田先生也快點來嘛。」

「好、好啦……」

講歸講，我內心的猶豫仍未消失。

因為在以往的人生中，我從未有過「非法入侵」的經驗。

況且這是跟我自身毫無關聯的場所。

沙優看見我躊躇的模樣，樂得嘻嘻笑了笑，然後說道：

「來嘛，跟我一起非法入侵。」

「別講得像是好玩的事。我滿排斥的耶……」

「呵呵。但吉田先生不會覺得有一絲雀躍嗎？」

「我說過了吧，並沒有……」

被沙優像這樣戲弄以後，我漸漸感到無所謂，於是嘆了口氣，蹲下來鑽過鐵絲網了。

既來之則安之吧。

沙優看我進了校地，隨即滿意地露出微笑。

接著，她又快步走去。

沙優前進的背影比想像中更不遲疑，我追著她往照明設備僅屬堪用的校舍走。

「假如沒修好的話……」

校舍正後方有一道明顯不是供學生出入的門，沙優伸手過去，將門把一轉。

嘰——尖銳的金屬聲冒出，門輕易地開了。

沙優又開心似的微微笑了笑。

「這裡的門鎖壞了。這也是學生蹺課專用的。」

「欸……鎖頭總該修理吧，正常來想。」

「就算白天有人會從這裡出去，晚上根本沒有人會從這裡進來啊。」

沙優說得好像理所當然，我卻對校方馬虎的保全意識感到傻眼。

哎，多虧如此，我們才能在這種時間進入學校，因此對沙優來說大概值得感激吧。

我也跟著沙優走進了校舍。

校內除了緊急照明以外，沒有任何燈光，相當陰暗。

「我第一次在晚上來學校。有點恐怖呢。」

「……是啊，我也算頭一遭。」

我跟著附和沙優的感想。

雖然說我們有兩個人，昏暗的校舍仍舊怪陰森的。難怪以學校為舞台的「怪談」或「七不思議」從未絕跡。

我忽然感覺到右臂一陣溫暖，轉眼望去就發現——

沙優挽住我的胳臂了。

「……」

一瞬間，我曾心想這該怎麼辦。

但為了不在黑暗中走散，我兀自認為就這樣倒也無妨，

我默默地予以接納。

沙優也默默地又走了起來。

她緩緩地一路走到校舍邊緣。

當我配合沙優的步調走時，便發現她挽住我胳臂的力道不時會變強。

果然，她並非毫無緊張的情緒，肯定是這樣。

聽到沙優說「一個人會怕」的時候，我把她的意思解讀成「怕黑」，然而實際上也許並不是那樣。

好比沙優在與我同居的生活中培養出了回家的勇氣，她這次能擠出勇氣來到這裡，我想或許也不全然只靠她自己。

當我想著這些時，一回神已經來到了校舍邊緣的樓梯前。

樓梯依舊昏暗，說起來只有樓梯間窗口照入的月光能依靠。

「要爬上這裡嗎？」

我問道。而沙優低聲點頭同意。

「嗯……」

「……我們正在往哪裡去？」

在爬上樓梯的時間點，我便隱約能夠想像到目的地了。

然而，我刻意這麼發問。

沙優沉默幾秒鐘以後，才說道：

「樓頂啊。」

在昏暗的校舍中，我看不清楚沙優是什麼表情，從聲音顫抖這一點卻能輕易感受到她有多緊張。

「……是嗎。」

我只應了一聲。

我在等沙優主動邁步。

當下，要是我忍不住領著她走，想必就沒有意義了。

沙優使勁挽著我，有幾分力道傳到我的胳臂。

後來，經過幾秒鐘，沙優緩緩地走了起來。

看似踏實地一步一步走著，沙優爬上了樓梯。

我也配合她的步調，緩緩地爬上樓梯。

這段期間，我們倆都一語不發。

夜晚靜謐的校舍裡，唯有我們倆的腳步聲噠噠地響起。

一步一步地，逐漸接近沙優的過去。

當我自認在陪伴沙優，卻發現自己也慢慢地緊張起來的時候——

「……到了。」

我跟沙優，終於抵達了通往樓頂的門口。

沙優站在門前，深深地吸了一口氣，接著緩緩吐出。

「好……」

她發出低喃，然後放開挽著我的手，朝樓頂的門靠近……

隨後，她走向門板旁類似樓梯間的那塊空間。

門旁邊的窗戶並沒有像學校教室的窗戶那麼大，但只要把腿靈活縮起來，大小是足以供一個人通過的。

沙優把手伸向其中一邊的四角形窗戶，一推就開了。

「樓頂這道門……『在那之後』始終鎖著，但這扇窗戶的鎖一直都是壞掉的。」

沙優如此嘀咕。她吐露的字句裡，並沒有蘊含剛闖進學校時的那種使壞氣息。

所謂的「在那之後」，肯定是指沙優的好友喪命一事。

我想起沙優談及往事就不禁嘔吐的那一幕，因而感到心痛。

沙優又做了深呼吸。

接著，她抬腿往窗戶一搆。由於要把腳跨上窗框，當沙優把腳高舉時，裙子便往上揚起，我反射性地將目光轉開了。

在我沒有直視沙優的這段期間，她靈巧地跳到了外頭的樓頂。

我移動到窗口前，變得可以跟站在樓頂那邊的沙優面對面。

門外有緊急照明的綠色燈光照著她。

沙優盯著我這邊。

她那種眼神，明顯是在向我訴說「希望吉田先生趕快來」。

但是……來到這一步，我變得裹足不前。

前面就是「改變沙優人生的地點」。

這項事實，使我不由自主地止步。我實在不覺得自己可以踏進那塊地方。

「我……」

當我遲疑是否要觸碰窗戶時，沙優緩緩地開了口。

被光照亮的沙優與我視線交會。

「拜託你，吉田先生。」

真摯誠懇的請求。

承受了沙優懷有決心的目光，我才察覺自己與沙優的立場。

最害怕面對往事的不會是別人，正是沙優本身才對。

儘管如此，沙優仍率先站到了樓頂。

但她始終朝著我這裡。

我定睛望向沙優，正如所料……看得出她在微微發抖。

我想，她肯定不敢朝樓頂的方向回頭。

她踏出了那一步，現在卻仍缺一絲絲的勇氣。

……真受不了自己，我是來做什麼的啊？

內心自責的我終於動起了雙腿。

「我懂。」

我低聲答道，並且跨過窗框。

根本不用拖拖拉拉地在這裡遲疑自己該不該進去。

畢竟沙優希望我這麼做。

第6話 鐵絲網

來到樓頂，除了門上點起的緊急照明以外全無亮光。

背對綠色的光源，會發現視野一片漆黑，感覺像是突然被拋進黑暗當中。

沙優仍然朝著門那邊。

「沙優……妳還好吧？」

「……嗯。」

沙優點頭歸點頭，卻依然朝著門微微地發抖。

我輕嘆一聲，然後什麼也沒說就站到沙優旁邊。

對我而言，這裡就只是個樓頂。

當眼睛逐漸適應黑暗以後，樓頂的輪廓也慢慢看得出來了。

沒多大特徵，尋常無奇的樓頂。

只是，四周有鐵絲網圍著。那很醒目。

鐵絲網約為兩個人高，頂端還有往內凹的角度。

換句話說，這是無法爬到外頭的設計。

在沙優就讀的期間……學校肯定沒有這道鐵絲網。

當我這麼想時，站旁邊的沙優稍有動作了。

我側眼看她。

沙優緩緩地從門那邊，把身體轉向樓頂這邊，

接著，她面對樓頂。

「呼……」

沙優深深吐氣。

光是把身體轉向樓頂，沙優的呼吸就變得急促了。

她踏出一步。

「喂，沒、沒事吧……妳別勉強。」

「我沒事。」

沙優斷然答道，然後又踏出一步。

然而，我怎麼看都不覺得她「沒事」。

沙優喘得肩膀頻頻起伏，一步一步地走過樓頂。

我則守候著她，走在後方不遠處。

沙優徐徐地、緩緩地朝著鐵絲網前進。

然而，來到樓頂正中央一帶以後，她卻雙腿發軟似的當場癱坐了。

「沙優！」

「我沒事……！」

我想趕到她身邊。而沙優用了較大的音量回話。

我明白那是要制止我的行動，於是跟著停下腳步。

「我沒事的……」

沙優朝我回過頭，乏力地露出了微笑。

看了她的表情，我變得什麼也說不出口。

假如這是沙優必須獨自完成的「儀式」，我就不應該介入，在這裡看著會比較好……

即使如此，我依舊忍不住想設法幫助她。

要我用正確的方式「守候」沙優，實在太過困難。

「一切都是在這裡結束……一切也都是從這裡開始的。」

沙優慢慢地站了起來，然後又抬起臉孔。

「好……」

低聲嘀咕的她深深吸氣。

接著，她突然拔腿衝了出去。

「咦……喂，沙優！」

儘管我嚇得出聲呼喚，沙優卻在轉眼間就跑到樓頂邊緣，用雙手湊在鐵絲網上發出一聲脆響，就此停下了。

我也匆匆追到沙優後面，隨即止步。

氣喘吁吁的沙優一邊讓肩膀上下起伏，一邊低著頭。

當沙優將呼吸調適好以後，這會兒我看出她的肩膀開始在微微顫抖。

「……要是。」

沙優用小小的聲音開口：

「要是這道鐵絲網……能早點存在就好了。」

聽見沙優這麼說，我明確地感受到心痛。

果然，這道鐵絲網在結子自殺時是不存在的。

肯定是她的死，導致校方充實了安全設備。

「大人」這種生物總是要等無法挽救的事態發生，才會被迫拿出對策。

當我什麼話也說不出時，沙優用鼻音嘀咕了一句：

「結子會死掉……是我害的。」

沙優的那句話，讓我感到強烈不對勁。

我想講些開導的話，卻想不出適合的字句。

「我沒有替結子著想。我誤以為一起對抗那些人是對的。」

我緩緩走到了沙優身邊。

她帶著痛楚的表情，緊抓鐵絲網繼續說了下去。

「把她逼上絕路的人……是我。」

沙優說到這裡，我才察覺她的話有哪裡不對勁。

把結子逼上絕路的人……真的是沙優嗎？

聽沙優的說法，結子不是在最後還叮嚀她要「保持笑容」嗎？

我不明白結子的真正心思。

不過，只聽沙優陳述的內容，依舊能知道一些事。

「如果……如果我。」

「沙優。」

「如果我能夠，多替結子著想。」

「沙優！」

我硬是拉住沙優的手，便見她睜大了眼睛看我，眼角還盈著淚水。

這時，我彷彿才了解自己該說些什麼。

「……不是妳的錯。」

我自然而然地這麼說道。

可是，沙優茫然地睜著眼睛，並且連連搖頭。

「沒那種事……是我……裝成替結子設想，結果卻沒能把她顧好……！」

「基本上，只要沒有霸凌發生，妳跟那個女生都可以過得安穩才對。」

「讓她受到霸凌的原因就是我啊！」

沙優吶喊似的扯開嗓門。

直接表露的情緒使我怔了一怔。

然而，我認為話題絕對不能就此結束。

我咬緊牙關，不死心地對沙優拋出話語。

「即使如此，那個女生想跟妳親近，依舊是出於她自己的意願。她憧憬妳，想跟妳成為朋友，才會那麼做！」

「不過……就是因為我……！」

「沙優……」

我打斷沙優的話，並且牢牢抓住她兩邊肩膀，使勁晃了晃。

心頭好熱。我從來沒有因為無法將意思傳達給對方而感到這麼焦急。

痛失好友以後，沙優堅信癥結是出在自己身上。

她把自己綁在過去，讓自己動彈不了。

這樣的話，根本一輩子都不可能向前進。

「妳們兩個！」

一開始，這件事應該說來單純。

可是，「死」帶來的重大別離，卻掩蓋了其中的本質。

「妳們兩個……對彼此而言，都曾是唯一的朋友吧……！」

我這麼說道，沙優先是為此瞠目，隨即撲簌簌地流下了大顆淚珠。

「妳們的心裡都念著彼此……只是惦念過了頭而已。」

「既然結子念著我的話！」

沙優再次喊道。

接著，她的下一句話，在嗚咽間模模糊糊地擠了出來。

「我希望她能跟我一起活著……」

我感到心坎裡堵著。差點奪眶的眼淚被我忍住了。

我不能在這裡哭。

「但是，假如我那麼說……結子會死掉，彷彿都成了她自己的錯……聽起來不就像是我在推卸責任嗎……！」

「那樣就行了。」

「怎麼可以！」

「可以的！」

我扯開嗓門，沙優頓時打了顫。

我明白自己該說什麼話。

但是，我有資格對沙優那麼說嗎？

如此的念頭在我心裡湧現。

不過，那種念頭立刻就消失了。

即使沒資格也無所謂。沒人講清楚的話，沙優必然解不開對自己下的詛咒。

「肯定是某個環節出了差錯……才造成了無奈又沒法挽救的結果。即使如此……」

為了不讓沙優逃避，我抓住沙優的肩膀緊緊盯著她。

「嗚嗚……」

沙優帶著畏懼般的臉色看我。

我緩緩地告訴她：

「事情……都已經過去了。」

沙優聽了那句話，又一邊落淚，一邊搖頭。

「嗚嗚～～……！」

她一邊咕噥，一邊使勁猛搖頭。

我把人的「死」，說成「已經過去的事情」。

而且，我是跟對方的死毫不相干的人。

豈有如此傲慢的事情？連我自己都感到害怕。

但是……反過來想，我也認為非得是局外人才能像這樣把話說明白。

而且，倘若當下正是她要面對往事的時機，也只有此刻，我才應該告訴她這些話。

「沙優，假如妳不肯原諒自己……就一輩子也離不開這裡了啊……！」

「但是……」

我用力摟住仍不停搖頭的沙優。

一瞬間，我可以感受到沙優在全身使力，彷彿要掙脫我的手臂。然而，她很快就放鬆力氣，把臉貼到了我的胸膛。

「妳可以……讓這件事過去了，沙優。」

「嗚嗚……」

「要保持笑容啊……她說過的吧。」

「唔……嗚嗚嗚嗚嗚」

沙優低喃似的在我胸前哭了出來。

隨後她當場發軟坐到了地上。

像孩子一樣哇哇大哭。

我又重新將沙優抱進懷裡，在她停止哭泣以前，一直都這麼摟著她。

*

感覺上，我好像摟著沙優過了幾十分鐘。

我一邊聽著沙優吸鼻子的聲音在寧靜的校地裡響起，一邊仰望天空。

多雲的星空雖然稱不上美麗……從雲隙間露出的皎月卻十分明亮。

「……吉田先生。」

「嗯？」

相隔幾十分鐘，沙優發出了哭泣以外的聲音，我便放開她的身子，看向她的臉。

「討厭，不要看我的臉……」

「咦？」

「因為我現在的臉，應該很慘……」

「對喔……抱歉。」

的確，剛哭完的臉紅成一片，大概不會希望被人看見，如此心想的我，於是把臉轉開。

沙優再次吸了吸鼻子。

「……吉田先生，有你在果然太好了。」

然後，她這麼說道。

「要是我一個人來……也許神志會失去清醒。」

聽沙優那麼說，我鬆了口氣。

「……那麼，幸好我有跟妳一起來。」

我如此回答以後，許久沒笑的沙優就嘻嘻笑了出來。

她緩緩站起身。

我也跟著站了起來。

沙優站在樓頂上，沉默了一會兒。

接著她瞇起了眼睛，好似在凝望鐵絲網另一邊。

「再見……結子。」

然後，沙優這麼嘀咕。

那句話，彷彿靜靜地落在樓頂上，並且隨著風一起不知道吹去了哪裡。

「……我們回去吧。」

沙優旋踵說道。

看到她那多了幾分釋然的表情，我也覺得內心懸著的大石似乎變得輕了點。

「好。」

我這麼回答，然後跟著沙優走向樓頂的門。

我們倆鑽過窗戶，再把那關回原位。

沙優一階階地走下樓梯，腳步比來的時候還輕快。

「妳的心情已經平復了嗎？」

我從後面搭話，沙優便回首看來。

接著，她苦笑著搖了頭。

「一點也不。」

「也對……」

假如那麼容易就能卸下肩膀的重擔，並且忘記一切的話，沙優應該不會痛苦到這個地步。

肯定也有只能讓時間代為解決的問題。

「不過……我現在有好好地去面對的覺悟了。」

沙優接著說出來的這句話，儘管沉靜卻強而有力。

「我打算多回憶結子的事情。」

話說完，沙優微微一笑。

「直到將來想起結子……能笑得出來為止。」

月光從樓梯窗口映入，照亮了沙優的半身。

她平靜微笑的站姿實在太美，我回神時已經倒抽一口氣。

沙優吐露的字字句句，更沁入了我的心頭。

「是嗎……」

我忍住又差點冒出的淚水，並且開口：

「希望妳能早日如願。」

這麼說的同時。

我一邊也在內心篤定，沙優對這件事已經確實做出了斷了。

第7話 耳光

我們沿著與進去時同樣的路線離開學校，回到校門後。

「還真慢呢。」

一颯正等在車子前面。

他是跟沙優搭話，不過看到沙優紅通通的眼睛似乎便有所領會，沒多問什麼就上車了。

動作慢了點的我和沙優也跟著坐進後座。

沙優「呼……」地吐氣。

「……妳不要緊吧？」

我問道。而沙優緩緩點了頭。

「嗯，不要緊。」

拉上安全帶的一颯朝沙優回頭。

「那……我們可以朝家裡出發了吧？」

被一颯這麼問，沙優短瞬間心慌似的嚥了口水。

但她隨即深深點了頭。

「嗯……麻煩大哥。」

「我明白了。」

一颯跟著嚴肅地點頭以後，就轉動車鑰匙，發動引擎。

後來，沒有任何人開口。

不只是沙優，一颯和我都顯得有些緊張而保持緘默。

關於沙優的母親，我藉著從沙優口中聽來的訊息試著左思右想，結果除了她對沙優很強勢以外，什麼都沒有弄明白。

沙優到家時，不知道會遭受什麼樣的言語刺激？越想越令我憂懼。

然而，要是局面讓沙優太過委屈，屆時我希望身為大人的自己可以袒護她。

對方是否會允許我一同在場本來就不好說……假設她母親允許。

我的本分肯定就是以「外人」身分，提出外人才能發表的意見。

感覺我面對沙優的立場依舊曖昧。

既身為外人，同時也稱得上長期同居的「深交對象」。

想必有我才能為她做的事。

上路約十分鐘以後，汽車駛進閑靜的住宅區，沒隔多久就停了下來。

「這邊請。」

一颯說完便率先下車。

我也跟著下車，然後看向眼前的民宅。

造型素雅的白色獨棟房屋。

儘管並沒有大到雄偉的地步，卻也不算小，兩層樓的透天厝。

以大企業老闆購置的自用住宅而言顯得小巧玲瓏。即使如此，大小仍然足以供四人同住。

較遲的沙優也緩緩下了車，還跟我一樣仰望屋子。

而她的臉上，明顯浮現了緊張之色。

一颯看沙優那樣，便語氣溫和地向她搭話：

「妳還好吧？」

沙優動起喉嚨，狀似吞了好幾次口水。

「嗯……」

她軟弱地這麼點頭答道。

怎麼看都讓人覺得並不好。然而事到如今，也沒辦法反悔回頭了。

我輕拍沙優的肩膀。

「不要緊，有我和妳哥哥陪著啊。」

我一說，沙優才微微笑了笑。

「嗯，謝謝。」

話一說完，沙優便下定決心似的踏出了一步。

一颯見狀，快步趕在沙優前面先走到家門。

接著，他緩緩將鑰匙插進門裡，喀嚓地轉開了。

一颯跟沙優先進屋裡，我也扶著門站在現場。未經屋主許可就進去，我認為不妥。

「媽！我回來了！」

一颯大聲呼喚母親。

我從後面就可以看見，沙優無意識地挪身躲到了一颯背後。

沒多久，屋裡立刻傳來匆促的腳步聲。

他們的母親隨即在玄關出現了。

「媽，我帶沙優回——」

做母親的還沒聽完一颯說的話，就穿著拖鞋急忙來到玄關門口……

下一個瞬間。

玄關響起了「啪！」的乾響。

沙優的母親甩了她耳光。

一颯跟我都愣住了。

隨後，沙優的母親暴怒吼道：

「妳到底跑去哪裡了！」

吼完以後，她伸手揪住沙優。

「妳害我被那些莫須有的閒言閒語整慘了！」

沙優的母親一開口就是這些話，只讓我感到傻眼而已。

狀似畏縮的沙優也什麼都不敢說。

如果坐視不管，做母親的怕會氣得直接將女兒生吞活剝。原本跟我同樣愣著的一颯目睹這幕，似乎就想起自己該做什麼而有了動作。

一颯迅速介入母親與沙優之間，並且說：

「媽！還有客人在，節制點。」

做母親的聽見一颯那句話，臉色也跟著回神過來，然後，她總算注意到我的存在，露出了詫愕似的臉。

對方在簡單致意以後，向我擺出狐疑的神情。

「所以，這位是？」

做母親的沒有直接問我，而是望向一颯這麼說道。

「他是長期以來幫忙保護沙優的吉田先生。我好說歹說才帶他來的。」

一颯這麼做了說明，實際上內容卻與我來到這裡的緣由有出入，因此我吃了一驚。

不過，我立刻就理解這應該是他出於細心的結果。

與其說我是跟著來的，由一颯聲稱是他主動要我跟著來家裡，感覺比較能讓他母親把話聽進去。

沙優的母親聽完一颯說明，便用打量的視線對著我。

「呼嗯，『保護』是嗎……」

話裡明顯聽得出弦外之音。然而我早就做好對方會拋來這種話的心理準備，因此鎮靜地低頭行禮。

「敝姓吉田。」

做母親的盯著我看了幾秒，微微嘆了口氣，並且點頭。

「這邊請。」

她只說了這句，就匆匆回到客廳。

呼——一颯略顯寬心地嘆氣。

「請進，吉田先生。從玄關上來吧。」

「打擾了……」

獲准進屋以後，我才踏進玄關，把門關上了。

一颯率先脫了鞋子走進家裡，彷彿要替我們帶路。然而沙優卻依舊在玄關前杵著不動。

「沙優，妳還好嗎？」

我朝默默佇立的沙優喚道。沙優卻雙眼發直，毫無生氣地點了頭。

「嗯。」

看得出來，在她眼裡有難以分辨是哀傷或憤怒的情緒浮現。

我以往從未看過沙優有那種表情，一瞬間不禁變得退縮。

可是，我立刻回想起來。

我來到這裡，是為了從她的背後提供一份助力。

「走吧。」

我輕撫沙優的背說道。

於是，她隨之回神似的深吸一口氣，而且臉色也變得比先前柔和幾分了。

「嗯。」

生硬歸生硬，沙優依舊微微地笑了笑，然後點頭。

跟在一颯後頭的我，還有沙優，都懷著緊張的情緒進了客廳。

第8話
痛斥

「請坐。」

「謝謝。」

我從後面看著他們三個在客廳桌子前就座，一颯便望向我這邊，指了另一張空著的椅子。

低頭行禮後，我緩緩地在那裡坐了下來。

做母親的對我和一颯看都不看一眼，只用扎人的目光瞪著沙優。

一颯拿杯子幫忙倒了四人份的水，所有人在這段期間卻始終無語。

氣氛實在不容我主動開口。

「所以說，結果妳到底想做什麼？」

最先開口的人是沙優母親。

她瞪著沙優的那副臉孔，怎看都不像父母對待子女的表情。

「蹺家這麼久，讓家人徒增困擾……妳在家的時候，就一直在添麻煩了……」

做母親的宛如在宣洩累積已久的不滿，將斥責之語拋向沙優。

「甚至還像這樣給外人添事。我真不懂妳想做些什麼。」

沙優的母親用下巴指著我這麼說。

原本一直默默聽訓的沙優，用了彷彿從喉嚨裡擠出的嗓音說：

「……明明……」

「妳說什麼？」

「明明妳根本就沒有打算理解我。」

嗓音裡明確包含的「怒氣」，讓我訝異地側眼看了坐在旁邊的沙優。

她的眼神與嗓音無異，正因為氣憤而閃爍。

沙優還沒賠罪就先頂嘴似乎觸怒了對方，做母親的揚起眉毛。

一颯在母親旁邊明顯露出了表示「不妙」的臉色，卻什麼也沒說而保持觀望。

「我才不懂妳這孩子在想什麼。誰教妳總是什麼都不說。」

做母親的這麼說完，一旁的沙優似乎更生氣了。即使不看表情也能傳達過來的那股情緒，使我莫名緊張。

「媽，我離開家裡的那天，妳記得自己是怎麼對我說的嗎？」

沙優用發抖的嗓音這麼問道。

做母親的沉默了幾秒，並且作勢思索。

然而，她立刻抬起臉孔，態度乾脆地回答：

「……當時我說了什麼來著？我不記得。」

我不由得感到愕然。坐在對面的一颯也從鼻子緩緩地呼氣，那看起來顯然是在表示「遺憾之意」。

明明拋出了足以讓沙優起意逃家的傷人話語，當事人自己卻表示已經忘了。

我跟一颯只是聽沙優陳述，也都記得她被母親說了些什麼。

沙優正在視野一隅發抖。

側眼望去……不知道是出於憤怒，或者悲傷，她眼裡終於浮現了淚珠。

「看吧，我就知道……媽媽，妳根本不在乎我啊。妳連付出努力理解都不肯啊。」

「難怪妳一回家就對我發牢騷。妳會蹺家，也是為了逼家人頭疼好讓自己解悶？」

「才不是！」

沙優吼著從椅子上奮然起身。

突然流露的情緒，讓沙優母親嚇得肩膀發顫。儘管她一瞬間曾經露出退縮的神情，卻立刻就橫眉豎目瞪向了沙優。

「媽媽，我……我只是想逃離妳身邊而已！」

沙優明明白白地這麼說道。

那句話，讓我在心裡大感訝異。

換成以前的沙優，肯定不會用這麼直接的字句表達才對。

沙優明確地生氣了。

我能感受到，那並不是打算駁倒對方的憤怒，而是單純要求理解的憤怒。

即使連本身的正當性都拋開，還露出軟弱的部分，她仍要吐露情緒。

「我想逃離不肯了解我的媽媽！我想逃離……逃離懷疑我殺了唯一的朋友……逃離對我說出這種話的媽媽身邊……」

一反最初的氣勢，沙優說到後半的聲音變小了，因為她在哭。

話說到這裡，做母親的似乎才回想起來，她有一瞬間露出了恍然大悟的臉色。

然而，對方還是馬上擺回險惡的表情，並且開口：

「妳逃了又能怎麼樣？小孩子獨自在外也什麼都做不了吧。」

「話是那麼說沒錯……」

沙優語塞了，我卻一個勁地體會到其中的「無奈」。

即使如此，她能做的就只有逃了啊。

而且……正是因為做母親的不予理解，更讓沙優只剩下「逃跑」的選項。

所以這段交談……呈現出來的是兩道平行線。

做母親的看沙優語塞，似乎認為這是個好機會，講話也就跟著帶勁了。

「搞到最後，妳就跑去了這種來路不明的男人家裡讓他關照，還把人帶回來這裡，究竟是存的什麼心啊？妳有多想害我丟臉？」

「吉田先生是為了我才跟來的。」

「為了妳？他這樣只是在插手別人的家務事吧。」

「媽，妳這麼說不禮貌。」

「一颯你別作聲。」

一颯插嘴打斷，沙優的母親激動起來以後卻聽不進去。

「基本上，什麼叫『保護』？把別人家的女兒帶回家裡，只能算犯罪行為吧？」

「媽，那是因為——」

「叫你別作聲了吧！」

做母親的這次氣沖沖地把矛頭指向了我。她連一颯制止都不聽，還朝著我瞪來。

然而，我對此早有心理準備，況且這也是理所當然的事。

我端正姿勢，跟沙優的母親對上目光。

「您說得對。我當然也明白這是犯罪行為，進而才將沙優留在家裡。」

「這並不是有自覺便能免責的。你不就是個犯罪者？沙優，妳為什麼要把『這種人』帶回來？」

「那是因為她——」

我打算說明事情緣由而開口。

可是，一旁的沙優重重地拍桌，打斷了我要說的話。

訝異的我不由得忘記自己原本要說什麼。

沙優的雙手在陣陣發抖。

「每次都這樣……」

沙優彷彿從喉嚨深處擠出了低沉的嗓音嘀咕。

隨後。

「妳每次都這樣！瞧不起我重視的人！聽不進別人說的話還拚命數落！」

沙優氣炸了似的破口大罵。

她從未激動成這樣，在場的另外三個人都受到震懾。

「我就是討厭妳這一點！！！」

沙優用近似尖叫的音量斷言以後，房裡的空氣冒出顫動。

做母親的無法把話接下去，沙優就藉著這段空檔用蘊含憤怒的寧靜語氣繼續說：

「吉田先生他……願意像『家人』一樣呵護我。媽媽，他跟妳不一樣……他肯把我當成一個活生生的人看待。」

我能看出沙優說的那些話，讓她母親臉上逐漸浮現慍色。

「聽聽妳說的都是些什麼……妳又不懂我吃過多少苦……！」

沙優的母親屢屢用指頭敲著桌面，並且說道：

「妳明明就不知道，妳害我失去了多少東西……！」

我從一颯口中聽過沙優母親的處境。正因為如此，對於她話裡潛藏的悲傷，也不免感到同情。

沙優與她母親這種「無奈」的關係，著實令人難過。

然而。

她母親講的下一句話，剝奪了我思考的能力。

「我真的……不應該生下妳這孩子。」

室內變得一片寂靜。

可以看出做母親的講了這種話，讓在場所有人都一臉愕然。

一颯臉上，首度明確地露出了憤怒的神情。

沙優也在我旁邊，靜靜地吸了一口氣。

而我……

我使勁抓起放在眼前的水杯。

然後，將杯裡裝的水……朝沙優母親潑了過去。

……我腦裡浮現了這樣的畫面。

可是，在我準備實行的那一瞬間，強烈的自制心起了作用。

錯了。我現在該做的並不是那種事。

那樣做的話，之後雙方絕對無法冷靜交談。

我站起身，把使勁抓在手中的水杯拿到嘴邊。

接著，我咕嚕咕嚕地把杯裡的水喝完。

每當水經過喉嚨，身體就逐步冷卻，與此同時，心也逐步得到冷卻，我可以感受到自己漸漸取回冷靜。

我知道，所有人的目光都聚集在我身上。

「砰！」的一聲，杯子被我豪邁地大聲擺回桌面。

「……請妳說話要有分寸。」

我這麼告訴對方。

第9話 父母

有種不可思議的感覺在我的心頭打轉著。

從我差點反射性地用水潑沙優母親，又設法忍下來以後……我覺得自己的體內似乎就有「兩股」情緒混在一塊。

靜靜滾沸的憤怒正在腹內燃燒。「要冷靜」的沉著念頭卻從上頭蓋過了一切，彷彿替所有情緒包上一層護膜。

我明確地在生氣。然而心是冷靜的。

在這種不可思議的感覺下，我緩緩地將字句道出。

「既然父母沒辦法選擇子女，子女也一樣沒辦法選擇父母。」

不知道是出於憤怒，抑或出於有意克制憤怒的理性，我的聲音既低沉又顫抖。

出生這件事根本毫無自由意志可言。

父親與母親結合以後，子女就會出生，無關子女本身的意願。

可是，出生在世的責任，是子女應該自己擔負的嗎？

我認為並非如此。

對於自己生命應盡的責任，任誰都要等長大成人以後，才能實際體會到當中真正的意義。

我認為，那絕非連心智都尚未完全成熟的孩子能夠獨自背負的。

不管有多受疼愛，也不管處境有多麼慘澹……做子女的都非得活下去才行。

明明如此，小孩卻不曉得該如何求生。

沙優就是對此渾然不知，才會掙扎又掙扎……並且一路受傷至今。

「無論如何……沙優都只有妳這個母親。」

我一邊壓抑內心那股分不出是憤慨或悲傷的情緒，一邊擠出聲音。

「缺了父母的呵護……子女就不會曉得該怎麼獨立活下去。」

要將自己想表達的意思順利化為言語，我並無自信。

憤怒，還有悲傷，從我身上剝奪了思考的能力。

唯有言語依然由嘴裡盈湧而上。

而且沙優的母親也睜大眼睛聽著我說這些。

「既然妳這麼看不起沙優……還、還不如由我領養。我……我希望能養育這孩子。」

聞言，沙優母親便蹙起眉頭，在旁邊的沙優則吃驚地微微吸了口氣。

這也是我的真心話。

此刻，我想不出有違本心的話語。

「但是……」

我發出輕嘆。

喉嚨深處好熱。

我自顧自地搖了頭。

「但是，我辦不到……那麼做是有違於事理的。」

我明明白白地這麼說道。

我當不了沙優的父親。

「我沒有那份責任。沒有責任……便缺乏資格。」

當沙優出事時，無論是要幫助她，或者負起責任……一切都是血親的職責。

正因有責任產生，同時才會有義務產生……以致其行為舉足輕重。

那一切的名義，我手上都沒有。

光靠愛……我在要緊的時刻，並不能真正「保護」到沙優。

我緩緩拉開椅子。

接著，我移動至沙優母親看得見的位置，跪到了地板上。

「非妳不可。除了妳以外……沒有任何人有那個資格養育沙優……！所以，我要拜託妳……！」

我垂下頭。

然後將額頭……貼到了地板。

因為，這是我……發自靈魂的懇求。

「求求妳……」

身體發出顫抖，從喉嚨冒出的氣息，熱得彷彿在燃燒。

「求求妳，請養育沙優長大……直到她能獨立自主。」

當我下跪講出這些話時，即使低著頭，依舊能明顯感受到另外三個人都狼狽不已。

「吉田先生，你何必……」

「為什麼你這個不相干的男人，要為她……」

可以聽見沙優以及她的母親，語氣中都帶著困惑。

「求求妳，我在這裡拜託妳了！」

依然低著頭的我，再一次提高了音量。

於是，我立刻聽見有人推開椅子起身的聲音。

「媽，我也要拜託妳……！」

「一颯，連你都……！」

一颯也當著母親眼前下跪了。

在我旁邊的沙優明顯變得不知所措。

接著，當我緩緩抬起臉時，沙優的母親已經面色蒼白。

「什、什麼嘛……這像什麼話……」

做母親的發出囈語般的低喃。

她的呼吸越變越淺，到最後……就撞開椅子起身了。

「出去……你給我出去！」

做母親的大吼大叫，那副嘴臉，像是由混亂帶來的歇斯底里。

一颯從臉上透露出「不妙」的訊息，隨即立刻站了起來。

他一邊輕撫母親的背，一邊安撫：「沒事的，沒事的。」讓母親坐回位子。

「這算什麼……這到底算什麼……」

做母親的不停低喃。

一颯迅速來到我這邊。

「不好意思，能不能請你先離開？」

他低聲朝我耳語。

我點了點頭，也跟著站起身。

「沙優也一樣，先離開這裡吧。」

「好、好的……」

沙優側眼看著母親，並且照一颯說的從客廳離開。

在我跟著離開客廳以後，一颯關上客廳的門，依序看了我和沙優。

「之後的事交給我。沙優，妳和吉田先生暫且到外頭呼吸新鮮空氣，休息一下。」

一颯交代的只有這些。接著他微微一笑，好似要讓我們放心，然後就立刻回到客廳了。

幾秒鐘過後，隔著門，微微傳來了一颯跟母親講話的聲音。

站在這裡的話，肯定會聽見他們交談的內容，那應該不符一颯的本意。

「……我們照妳大哥說的做吧。」

「好、好的。」

我這麼說完以後，立刻在玄關穿上鞋子，到了外頭。

隔了一會兒，沙優也離開家裡。

外頭空氣寒冷，我尚未思索些什麼就先做了深呼吸。

吸氣以後，冰涼的空氣通過喉嚨，內心便安穩了一點。

感覺身體內累積的熱度似乎正慢慢冷卻。

「……唔。」

身體開始放鬆以後，這會兒我打起哆嗦了。

使我像這樣打哆嗦的情緒並不是憤怒。我立刻就察覺了。

當我有所自覺時，視野頓時陷入一陣扭曲。

我不由得當場蹲下。

「吉田先生……？」

沙優從後面趕來。

她蹲到我旁邊，看了我的臉。我馬上想把臉轉開……但肯定被她看見了。

我知道，沙優在旁邊訝異地倒抽一口氣。

「你、你怎麼了，吉田先生……？」

沙優把手擺在我彎下來的背脊，困惑似的問道。

「你為什麼在哭……？」

「……唔～」

我什麼也說不出口，只是用衣服袖子粗魯地擦了盈在眼角的淚水。

以往，我一直都努力避免在沙優面前掉淚。

但這次感覺就是忍不住。

淚水接連湧上。

在我內心打轉的情緒，是一股明確的「悲傷」。

「聽、聽妳講述過以後……」

我一邊忍著抽噎，一邊將自己內心再度湧上來的「熱度」化為言語釋出。

「我自以為……已經能理解妳母親是怎麼看待妳的……」

被沙優盯著臉龐的我繼續說了下去。

在這段期間，眼淚仍撲簌簌地地盈落。無法止住。

「但是……實際聽見她說『不應該生下妳這孩子』這種話……我才知道那遠比……遠比想像中更難受。」

沙優母親拋出來的話語。

那並不是對著我說的。

明知如此，我腦中卻能明確浮現「自己被那麼數落」的想像。

假如我在小時候，被自己父母用認真的表情……講出「早知道就不生你了」這種話。

光是那麼想像，胃裡彷彿就變得冰冷，同時也令我哀傷無比。

「我承受不了……她那種言語……」

「沒、沒事的，吉田先生。」

「怎麼能當作沒事！」

我忍不住提高音量，沙優就嚇得晃起了肩膀。

臉肯定已經哭花了的我看向沙優。

「妳要生氣……要回嘴才對啊……把話跟她說清楚……！」

我這麼一說，沙優就睜圓了眼睛。而且，她的眼角隨即盈上陣陣淚水。

然而，她並沒有哭出來。

「吉田先生。」

沙優露出一絲憨笑。

為什麼她會在這時候笑？當我困惑時，沙優帶著微笑繼續說道：

「我也想過要生氣的喔……但是，誰教你比我先發了脾氣……」

話說完，沙優用溫柔的語氣接著告訴我：

「謝謝你，吉田先生……」

「……唔。」

我變得無話可回，只能屢屢用衣服袖子，不停擦著湧上的淚水。

在玄關前，顏面盡失的我始終哭得慘兮兮。這段期間，有沙優輕撫我的背。

起初，被沙優看見自己大哭而不甚光彩的模樣，曾讓我感到懊悔。但是那逐漸變得無所謂了。

我本來就一直活得不算光彩。

一旦那麼想，再粉飾也顯得毫無意義，我久違地哭個不停，直到哭乾了眼淚。

第10話 荻原家

隔了幾分鐘，或者幾十分鐘。

印象模糊的我不知道實際上經過了多少時間，總之我哭累以後，便跟沙優靠著位於玄關前的石牆就地坐下。

天空放晴了，雲朵比之前拜訪沙優讀的高中時更少。

我茫然望著天空，便發現星星清晰可見。

比起在東京時，沙優帶我到小山丘上那座公園看的星空更加明亮，確確實實的光芒就在眼前。

「真的……美到像在挖苦人呢。這片星空。」

「我就說吧。」

北海道的星空很美——我想起沙優提過這一點，因而開口嘀咕。沙優在旁邊聳了聳肩。

大概是哭到剛才的影響吧，視野仍然濕而模糊。

或許因為這樣，不，或許幸虧這樣。

頭上的星空在我眼裡燦爛猶如萬花筒。

當我茫然地朝星空望了半晌，沙優便開口嘀咕一句：

「吉田先生，你聽我說。」

「嗯？」

「當你為我低頭時……我覺得自己得到了寬恕。」

「咦？」

我看向沙優，發現她也仰望著星空。

星光反射在有些濕潤的眼裡，閃閃發亮著。

「至今我所做的事……雖然充滿了錯誤……不過，你讓我覺得……那未必全是多餘的……」

沙優這麼說完，便悄悄地將自己的手疊到我的手上。

我的手暴露於外頭寒冷的空氣，已經涼透了。反觀她的手卻十分溫暖。

沙優悄悄轉向我，平靜地露出微笑。

「……已經不要緊了。」

我豁地倒抽一口氣。

從沙優的言語，以及她的表情，我感受到某種前所未有的堅毅。

彷彿有股既沉穩又不受動搖的決心，蘊含在她的笑容當中。

「即使沒有吉田先生在……我也能夠獨立。」

沙優說到這裡。

她加強了力道，緊握我的手。

「所以……請你別擔心。」

這麼告訴我的沙優，手正在顫抖。

但是，我並不想說破那一點。

即使有覺悟，即使提起了勇氣……要踏出新的一步，仍會令人害怕。

那種心理，連我都可以體會。

「好。」

簡短回答以後，我回握沙優的手。

「妳要加油。」

我只說了這些，然後就再次仰望星空。

彼此手牽手望著星空，讓我想起了一件事。

那就是沙優對我轉述過麻美說的話。

『從星斗來看，我們的格局固然渺小，即使如此，我們每個人都有各自的歷史，也有告自的未來。』

從沙優口中聽到這段話時，我覺得自己是把那番話當成他人的觀念來接納。

然而，仔細一想。

從我遇見沙優到現在，已經過了滿長的時間。

若從他人看來；若從世界看來；若從宇宙看來……

設想的規模越廣大，我們的存在就越顯渺小。可是。

沙優走過來的路，偶然與我的路交會……形成了一段小小的歷史。

將來是否會有那麼一天，讓我想起此時此刻所發生的事呢？

到時候……不知道沙優是否會比現在更成熟？

當我一邊思索這些，一邊仰望星空時，對於時間的知覺也就變得曖昧。

我只顧感受沙優從手上傳來的體溫，並且像個孩子似的，一直仰望著星空。

＊

「這算什麼嘛……我受夠了……」

媽捂著臉孔垂下頭。而我緩緩地輕撫她的背。

「媽……沒事的，妳冷靜下來。」

她的身體正在發抖。

方才仍在大吼大叫的她，變成這樣就顯得實在渺小。

以前，媽並不是這樣的。

如同我看著沙優變得失去笑容，媽逐漸喪失笑容的過程我也都看在眼裡。

在父親面前笑得開朗的媽媽，就連幼時的我都知道那有多美。

沙優出生後，隨著她慢慢長大，我記得自己曾心想：啊，這女孩長得真像媽媽。

明明所有人都可以活得笑容洋溢才對，父親的存在卻讓命運的齒輪就此失控。

乾脆忘掉父親，由我們三個開心活下去就好了啊，我有好幾次都這麼想。

可是，這種話我撕破嘴也說不出。

因為等我對家境有所理解時，也就一同理解媽媽對父親的愛，是刻骨銘心的。

為什麼愛不用雙向付出，也一樣能產生呢？

明明單方面的愛，只會帶來痛苦。

我看著媽發抖的小小背影，回想起這些往事。

「為什麼，我非得被不相干的男人……被一個什麼都不了解的傢伙講成那樣……」

媽用虛弱至極的嗓音如此嘀咕。

「媽……」

我頭痛著不知道要怎麼搭話才好。

吉田先生終究是站在沙優那邊的。

他明白沙優還有媽的處境。然而，那並不代表他能實際體會當中所有內心的糾葛與苦楚。

我認為吉田先生所說的話裡含有正義。正因如此，我才仿效他，向媽低頭懇求。

可是，我也一樣能體會媽的心情。

「我明白……」

「咦？」

媽用細微的音量嘀咕。

「他說的那些……我怎麼可能不明白……」

媽彷彿將發抖的聲音硬擠出來，並且這麼說道。

「那個人已經不在這裡了，那孩子……沙、沙優的父母，只剩下我而已……這樣的道理……我怎麼可能不明白……」

聽見那些話，讓我感受到椎心之痛。

媽從口裡道出「現實」了。

她是心知肚明的。即使如此，她仍希望背對現實。

我也知道，媽有這樣的念頭。沙優她……肯定也知道。

「但是……這樣的話………」

媽的身體再次發抖，含淚的嗓音空虛地迴盪於室內。

「我又該怎麼辦才好呢……」

差點奪眶而出的眼淚，被我拚命忍住了。

這是無可奈何的。

好比沙優心中留下了傷口，媽心中也留著莫大的傷痕。

她不知道要用什麼方法，才能夠一邊忍受那種痛，一邊為構成痛楚的子女付出心思活下去。

事情真的是……無可奈何。

「媽……」

我溫柔地輕撫媽的背，並且費心慎選詞彙。

「……慢慢來，慢慢來就好。即使如此……我們仍得向前才行。」

「……」

「沙優遇見他……遇見吉田先生以後，變得比較願意向前了。」

非得有人說出來才行。

說出有哪裡不對勁。說出這是錯的。

對，明明我非說不可。

最有立場說這些話的我，以往都說不出口。

我缺乏勇氣，去接觸家人暴露在外的傷口。

沙優是從偶然遇見的他口中，聽到了這些話。

而且，她一邊顫抖，一邊回顧了自己走來的這段路。

任何人，遲早都會迎來回顧自己人生的時刻。

非得後悔犯下的過錯，並且咬牙承受那一切的時刻，必然會來到。

對我們這家人來說，那一刻，正是現在。

「媽，妳也……不對，『我們』也應該…………要設法向前進，慢慢來就好。和我們一起……為將來設想吧。」

「…………嗚嗚……」

媽的身體再次發出顫抖。

從那小小的背影，有啜泣聲傳來。

「媽……」

「一颯……我……」

「可以的，不要緊……有我陪著妳……」

「嗚嗚…………嗚嗚嗚……！」

媽擠出咕噥般的聲音哭了起來。而我一心一意地，繼續緩緩輕撫她的背。

每次媽流淚，她內心的煎熬情緒似乎就漸漸地流了出來。

她哭了一陣子以後，才開口嘀咕：

「高中畢業以前……家裡會照顧她。」

「咦？」

「……我在說沙優。之後，隨那孩子高興就行了吧。」

媽總算抬起臉孔，並且看向我。

接著，她笨拙地擺出微笑。

「一颯，也讓你受苦了。」

「媽……不會，我沒事的。我不認為這叫受苦。畢竟……」

我一邊忍住又差點湧上的淚水，一邊開口：

「我也一樣……是媽生下的兒子。」

當我說完以後，媽就睜大眼睛看了我，接著，眼裡再次讓淚水濡濕。

「……是啊，沒錯。」

她僅如此說道。

媽表示「想要獨自靜一靜」，我便把她留在客廳，來到走廊上，然後才發現自己或許比想像中還要緊張，感覺到身體隨著嘆息而失去了力氣。

撐過去了。

媽已經承諾，會照料沙優直到她高中畢業。

我深深地吐氣，並想起剛才那一幕。

『非妳不可。除了妳以外……沒有任何人，有那個資格養育沙優……！所以，我要拜託妳……！』

『求求妳，請養育沙優長大……直到她能獨立自主。』

說這些話的吉田先生當場跪了下來。

他總是讓我驚奇連連。

他說過。

自己沒有任何責任，正因為如此……就沒有養育沙優的資格

他這麼斷言。

確實如此，他對沙優並無任何責任與義務。正因為這樣，他也可以隨意利用沙優，然後予以拋棄才對。

實際上，我想沙優就是在那種男人的身邊輾轉寄居過。

明明如此，為何他——

只是單純遇見了一個少女，就肯設身處地擔憂對方的未來？

這種念頭既是疑問，也是自我厭惡。

與吉田先生相比，我明明跟沙優更親，卻毫無作為。

從父親手裡繼承公司以後，忙於維持營運的我把自己裝成分身乏術，一直不肯去正視現實。

我把工作忙碌當成理由，無意識地選擇了維持現狀。

結果沙優無法向任何人求助，只剩下逃家一途。

其實，當我得知沙優用完我給她的錢時，就算祭出強迫手段也應該帶她回家。

即使到那個階段，我仍裝成以沙優的心情為優先，顧慮到「那樣會對她的心情造成什麼影響」，實則以自身工作為優先。

早有裂痕的家庭環境，或許會在我手中瓦解，對此恐懼的我一直不肯正視問題。

在我的內心，就只有無力感而已。

而且，我把那種無力感推給了沙優。

過那種流浪的生活，根本什麼都改變不了——我心想，她遲早會自己從中醒悟。

我抱著如此悠哉的想法，還擺出自認正確的嘴臉，對沙優棄之不顧。

假如，沙優並沒有遇見吉田先生。

一想到這點，便讓我不寒而慄。

假如，沙優突然又冒了其他危險……比方說，涉及搶劫或者吸毒之類的犯罪行為，或許事情會變得更不堪設想。

「之前……我究竟都在做什麼？」

幸虧有吉田先生，沙優得以重新振作了。往後，想必她將會走出自己的人生。

但是，即使到了現在，我仍對懷著「幸虧有吉田先生」這種念頭的自己感到厭惡。

吉田先生跟沙優分開之後，恐怕也會回到原本的生活。

那麼一來，在我們這個缺了父親，媽的精神狀況又不安定的家庭裡，只剩下我能將

沙優保護好。

「這次……這次我……一定要拿出作為。」

我握緊拳頭，下定決心。

沙優，還有母親，總算變得願意慢慢向前進了。

但願我能保護「往後的她們倆」，繼續走下去。

＊

在我們倆朝星空仰望了好一陣子以後，玄關的門喀嚓打開，一颯從屋裡出來了。

倚著石牆的我和沙優已經完全放鬆力氣，都用了有些恍惚的臉色看向一颯。

一颯呆愣地眨了眨眼望著我們，然後笑了出來。

「你們感情真要好。」

從一颯那有些像在逗弄人的口氣，還有他的視線。

我們才想起彼此依然手牽著手，並且連忙放開手。

一颯見狀，又呵呵地笑了笑。

接著，他將目光轉向沙優，平靜地說道：

「我跟媽談妥了。」

「……結、結果怎麼樣？」

沙優帶著緊張的臉色這麼問，一颯就先點了大約兩次頭，然後告訴她：

「在妳從高中畢業以前，姑且先住在家裡。」

話說完，一颯走向沙優身邊，溫柔地輕輕摸了她的頭。

「只要妳不惹問題，媽似乎就願意停止嘮嘮叨叨。」

一颯說的話，讓沙優頓時睜大了眼睛，還露出訝異的神情。

然而，那副臉色很快就蒙上陰影，沙優蹙眉偏了頭。

「可是……照那樣聽來……」

「當然，這只是口頭約定。我不確定媽是否會照做。不過……」

話說到這裡，一颯朝我瞥了過來。

接著，他柔柔微笑。

「吉田先生說的那些話，似乎也讓媽有了一些想法。」

一颯又晃了晃擺在沙優頭上的手。沙優頭上的髮絲隨著變成一團亂。

「更何況，回到家的沙優也有變得成熟一點。或許，母女之間差不多也該試著摸索要怎麼對待彼此才能相安無事。當然……我也會協助。」

「……嗯。說得對。」

沙優一臉安分地點了頭。

「我跟媽之間的關係，感覺並不會立刻好轉……不過，還是可以努力『改善』啊。」

她說完之後，又小聲補了一句：「畢竟，以往我一直都是死心的……」

沙優跟母親之間的對話，由於有我助長了雙方激動的情緒，看起來實在沒辦法稱作圓滿收場。

然而，在沙優跨出「與母親再談談」這一大步以後，我猜她心裡已經有了精神上的寬裕。

或許正如一颯所說，沙優在漫長的旅途當中，肯定有變得比以前更「成熟」一點。

沙優並沒有與想法相衝突的人不歡而散，還肯努力磨合彼此的價值觀，即使是大人也很難做到這一點。

在她內心能產生這種積極正向的情緒，無疑是一種了不起的成長才對。

我側眼看著沙優，並且提出心裡忽然浮現的疑問。

「令堂是說，沙優在高中畢業之前要留在家……那畢業以後呢？」

我問道。而一颯彷彿早有設想過這個問題，向我點了點頭。

「我認為那可以由沙優自己做決定。假如她還想待在家裡，大可繼續留在家；假如她希望從家裡離開，我應該也能幫到不少忙。」

一颯這麼說完以後，又看了沙優一眼。

「小孩只要從高中畢業，之後便會各自長大成人。長大後就任他們自由作主了。」

一颯摸起沙優的頭。在他眼裡，彷彿可以看見對家人顯露的慈愛之情。

「如果『錢』的問題會妨礙到沙優自由作主，唯有這一點，我可以提供她協助，直到沙優能獨立謀生為止。」

一颯果真是個相當好的兄長，我心想。

沙優的這個兄長倘若可以隨時待在家裡，隨時顧著她有什麼狀況，我想沙優的精神狀態會像樣一點。

不過，他們家裡沒能有那樣的環境。由於沒能有那樣的環境，沙優便啟程旅行了。

「雖然捏了把冷汗……事情姑且可以說是告一段落了。」

一颯深深吐氣，然後這麼說道。

接著，他凝視著我，突然就對我深深一鞠躬。

「這是託吉田先生的福。」

「哪裡，別這麼說……！」

我連忙揮了揮手。

這次，我只是自說自話罷了，壓根就沒有設想過事情後來會怎麼發展，光憑著感情行事……

「身為大人，我覺得自己很糗。」

我在回顧自己的言行以後這麼表示，一颯就緩緩搖了頭。

「沒那回事。因為吉田先生不惜下跪，家母才能冷靜下來。」

一颯如此說道，隨即露出了有幾分自嘲的笑容。

「我反而有點不甘心。」

「不甘心？」

「是啊……連我身為親人，都不曾為了沙優向家母下跪。」

宛如在遙望遠方的一颯瞇起眼，然後重新看向我。

「你卻如此輕易地，發自內心為她做出那種事……」

話說到這裡，一颯聳了聳肩。

「我真的……比不過你。」

面對這句話，我不知道該怎麼回答，因而有些心驚膽跳地把目光轉向了沙優。

於是，我跟沙優目光交集。

她嫣然一笑，然後告訴我：

「真的，謝謝你。」

「……嗯。」

被沙優迎面這麼一說，我心裡有股難以言喻的溫暖。

或許，我的行動並沒有白費。

想到這裡，我覺得幸好有陪沙優一起來。

「時間也晚了，今天請留下來過夜吧。家裡有客房可供借宿。」

一颯說著就快步走到了玄關門前。

「現在還是秋天，但北海道的夜晚應該會讓你覺得冷。趁還沒有著涼，請進。」

他開門等著我。

經過短暫的猶豫，我開了口。

「呃……假如要請沙優的母親撥冗再跟我談一談……不知道方不方便？」

我這麼說完，一颯就變得神情嚴肅，還露出了苦惱的舉止。

這也難怪。之前我做出的行動，明顯使得沙優的母親慌亂失措。

一颯好不容易安撫了母親。要是我再找她談，可能又會打亂她的情緒。

可是。

之前，我只是裝成大人，還像孩子一樣地朝對方自說自話。

我既沒有替自己的行為做出了斷，在這件事上面，更沒有得到她的原諒。

應受到責難的部分自當接受對方責難，若是被要求負責就有予以承擔的義務。

身為一名大人，我認為該用大人的立場跟對方談。

間隔片刻，一颯緩緩點了頭。

「我明白了。若你不介意由我陪同的話。」

「當然可以。感謝你。」

我二話不說地答應，一颯便放心似的呼了氣，並且再次招手帶我跟沙優進屋裡。

沙優一邊脫鞋，一邊略顯緊張地開了口。

「那、那我……」

「要是妳也在場，或許又會讓事情變得複雜。能不能等我一下？」

「好、好的。」

沙優聽了我說的話，一瞬間露出了狀似有幾分安心的表情，隨後，她彷彿為了掩飾而正色。

雖然說沙優一度呼吸了外頭的空氣讓情緒冷靜下來，要立刻再跟母親面對面還是會緊張吧。

我覺得那應該也沒有什麼好掩飾的。然而沙優到底有她耿直的性格，因此她看起來是不想展現出自己「情怯的部分」。

「那麼……吉田先生。」

「好。」

我把沙優留在玄關，並且跟著一颯進了客廳。

坐在和剛才同一個位子的沙優母親與我對上目光。

她立刻從我面前將目光轉開，同時看向一颯要求說明。

「做什麼？」

「媽，吉田先生希望再跟妳談一談。」

沙優母親聽了一颯說的話，再度看向我。

她瞪人似的瞇細眼睛，並且開口：

「談什麼？」

含意相同的詰問。然而，明顯比她剛才對一颯的說話方式更添險惡。

「我跟你可沒有什麼好談的。」

「剛才得罪了。是我一時忘情，才會變得口不擇言……」

「何必現在才替自己粉飾？打從你不請自來，就沒有在顧忌得罪與否了吧。」

沙優母親顯得完全不講情面。

做母親的擺出一副聽都不想聽我講話的態度，趕蟲子似的往旁揮手。

然後，她默默瞪著我，發出了嘆息。

「你就真的……沒有碰過沙優的身子？」

「我發誓，自己並未做過那種非分之事。」

當我毫不停頓地這麼回答以後，她依然帶著難以置評的表情，緘默了幾秒鐘。

接著，沙優母親略顯疑惑地用了發抖的嗓音說：

「那你為什麼……要為那孩子付出那麼多？」

沙優母親的問題裡，似乎有超乎我想像的千頭萬緒糾結在其中。

我想起之前一颯也提過類似的問題。

結果，當時我回答的是「自己或許就是因為沙優長得可愛，才讓她留宿的」。

但是在此當下，要對沙優母親坦承那一點，無論怎麼想都不得體。並非在任何場合都實話實說就可以讓事情善了。

更何況……目前，要回答她的問題，我自然而然就……想出了別的答覆。

而且我立刻就發現，那也是我發自內心的答覆。

我緩緩地說道：

「我只是……在那一天，那一刻，遇見了那個女孩……如此而已。」

我能聽見，旁邊的一颯對這句話「啊」地倒抽了一口氣。

做母親的目光閃爍。

她默默朝我的眼睛盯了幾秒鐘以後，就深深地發出嘆息。

隨後。

「……是嗎。」

她僅應了這一聲。

依舊漠然的回話方式。

然而，我感覺到對方先前衝著我而來的那種「敵意」似乎淡了一點，不知道這是否算是我的誤解？

「呃，關於沙優……」

「那孩子的將來。」

沙優母親打斷我的話，逕自說道：

「要由我，還有那孩子……互相討論以後，再做考量。所以——」

話講到這裡，沙優母親的語氣變得比先前和緩了些。

「麻煩你明天就回去東京。」

她僅交代了這一點。

「……好的。請容我明天再回去。」

我如此回答對方，並且深深低下頭致意。

一颯看母親擺出事情到此談完的態度，便對我使了眼色。

「吉田先生。」

「好的。」

我在一颯的引導下從客廳離開。

儘管我並沒有表達完自己的意見……但既然對方無意多談，我認為再堅持也不濟事。

況且……我想起做母親的之前那句話。

『由我，還有那孩子。』

她是這麼說的。

並非只靠自己拿主意，而是跟沙優互相討論，來決定今後的事。

那在她心中，不就是一大讓步與變化嗎？

我覺得，沙優今後肯定會與母親兩個人一起努力，設法將生活過下去。

「啊，吉田先生……」

「沙優？」

離開客廳以後，我發現沙優站在走廊上。

她那有些心神不寧的模樣讓我感到疑問而偏頭，沙優卻目光閃爍地看了我一眼。

「我去一下就回來。」

沙優只這麼說了一聲，與我們交替走進了客廳。

一颯頓時擔心地望向沙優的背影，卻立刻就帶著和氣笑容，把目光轉回我這邊。

「我帶你到客房。」

「呃，沙優她……」

「她肯定也有事情……想要由母女倆自己談吧。」

一颯平靜地這麼說道，因此我就沒有多追問，直接跟在他後頭，走向了通往二樓的階梯。

＊

吉田先生他們離開後，換我走進客廳。

心臟飛快地跳著，可以知道自己的呼吸變得比較短促。

坐在椅子上低著頭的媽媽將臉孔緩緩抬起，然後看了我。

「這次又怎麼了……」

媽略顯疲倦地說。

老實講，我今天也已經累了。

好希望不用再跟任何人說話就去睡覺，儘管我有著這樣的念頭。

要是那麼做，只有現在才能告訴媽的重要話語，肯定會跟著從心裡消散。

『有些人只有現在見得到，而有些事只有當下才做得到喔。』

腦海裡回想起柚葉小姐說過的話。

到了現在，我依舊沒辦法喜歡媽媽。

不過，我仍然有我非得遵循的道理才對。

我輕輕拍了拍裙襬，將裙面拉到整齊。

然後，我直接蹲了下來，跪坐在地板上。

我挺直背脊，緩緩地，向媽媽低頭。

「對不起，給媽媽添了麻煩。」

我這麼說完之後，可以聽見媽媽狀似詫異地倒抽了一口氣。

而我抬起頭，直直地望向她。

「老實說……媽，我對妳有長年累積的不滿，所以……我才會蹺家。」

我曉得自己的聲音在發抖。

但是，要鼓起勇氣說出來才行！我在心裡頭如此吶喊。

彼此都堅稱「是對方的錯」，沒有反省自身行為的話，那種思維真的會保持平行線直到人生結束。

「但是，結果我給媽媽和大哥……甚至還給外人添了麻煩。這是事實。所以……」

我認為自己有必要承認過錯，進而跟對方好好談一談。

「所以，對不起。」

在我絲毫沒有轉開視線就把話說完以後。

媽狀似有幾分畏懼地睜大眼睛，並且看了我。

接著她打起哆嗦，搖了搖頭。

「我……可不會跟妳道歉。我不會道歉。」

媽說完以後，視線就落到了地板上。

在她眼裡，看起來有無從化解的哀傷浮現。

「畢竟……畢竟我也不明白，錯誤是從哪裡開始的。」

那些話，讓我也感到心痛。

媽所說的話裡，肯定滿載了我不知道的「歷史」。

我大致曉得……媽只會對我凶的理由。

我活著，以及這個家裡沒有父親，肯定與此有關聯。

媽與大哥……都不曾明講。可是我起碼也明白那一點。

當我無話可說時，媽嘀咕了一句。

「……但是，聽那個男的講過以後……我領悟了。」

那個男的，當然是指吉田先生吧。

我默默地等著媽繼續說下去。

媽好似在猶豫話該怎麼說，目光遊走於地板。

她緩緩抬起目光，狀似不安地望著我，並且開口：

「誰教妳……只有我這個母親呢。」

那陣說話聲，比我以往聽過的母親嗓音都還要溫柔。

我立時變得眼淚盈眶。

「…………嗯……！」

我只能點頭。

媽看我這副模樣，露出了難以形容的表情，還拋下一句：

「高中畢業前，妳就留在這裡努力用功。留級是避不掉的了，妳自己要知道。」

「……嗯。」

「畢業以後……隨妳要怎麼過都好。」

「…………謝謝。」

經過簡單的互動，交談結束。

我不認為自己能把話說得更動聽，就緩緩從客廳離去了。

離開客廳後，我關上門。

「……唉。」

我吐了氣，將體重靠在走廊牆壁，當場沿著牆面蹲到地上。剛才明明跟吉田先生在外頭哭得夠多了，眼淚卻又滴滴答答地流出來。

緊張得到紓解了。

該了卻的事情辦完了。

連我自己都曉得，此刻盈落的淚水，有著種種的理由。

不過，最重要的是。

我好高興。

雖然只有短短幾句話，從出生到現在……我第一次，跟媽在相同的情緒溫度上冷靜交談。光是這樣……

便讓我高興到連自己都訝異的地步。

我忍著不發出聲音，就這樣哭了幾分鐘。

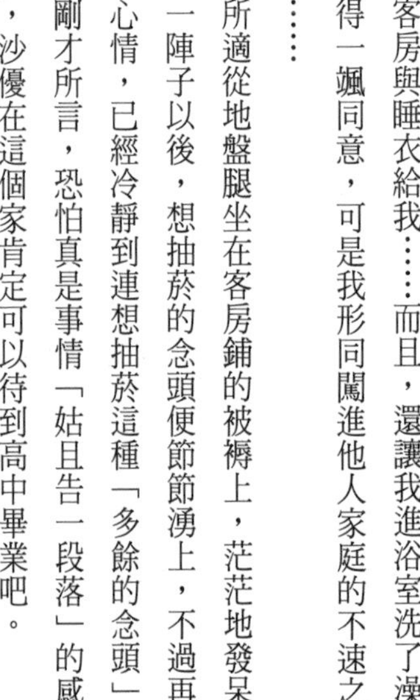

他們借了客房與睡衣給我……而且，還讓我進浴室洗了澡。

雖說有取得一颯同意，可是我形同闖進他人家庭的不速之客，卻得到這種款待，不知道妥不妥當……

我有點無所適從地盤腿坐在客房鋪的被褥上，茫茫地發呆。

當我放空一陣子以後，想抽菸的念頭便節節湧上，不過再怎樣還是要忍。

……我的心情，已經冷靜到連想抽菸這種「多餘的念頭」都冒出來了。

如同一颯剛才所言，恐怕真是事情「姑且告一段落」的感覺，也在我心裡湧現了。

事已談妥，沙優在這個家肯定可以待到高中畢業吧。

或許她也會有什麼困擾，不過到時候一颯必然會幫助她。

這麼一想，我就放心了。

「……對喔。」

我自顧自地嘀咕，然後連連點了頭。

我的任務……已經完全結束了。

想到這裡，在感到「放心」的同時，我知道自己心裡也湧上了一股無法全然忽略的「落寞」。

明天，等我一回東京，往後就再也不會跟沙優見到面。

「……只是回歸原狀吧。」

如此嘀咕以後，我嘆了口氣，鑽進被窩。

別胡思亂想，趕緊讓自己入睡比較好。

腦袋裡依舊清明，可是我知道，自己的身體確實對漫長旅途感到疲倦了。

我閉上眼睛，一邊對散發別人家氣味的蓋被感到有些不自在，一邊緩緩地呼吸。

然而，越想著要趕快入睡，思緒就變得越清晰，因此我遲遲睡不著。

掛在牆上的時鐘指針聲音聽起來格外大聲，讓我煩得一再翻身。

當我像這樣度過無法安睡的夜晚時。

有小小的喀嚓聲響傳來。

聲音來自客房的門。

顯然是有人放低聲音，走進了房裡。

然而，這是在別人家裡，總不好馬上起身看對方的臉孔……我暫且決定裝睡。

我閉著眼睛，把心思專注於進房者的動靜。

於是，進房者輕手輕腳地朝我睡的被窩走近……然後，對方就鑽進被窩了。

從這些舉動，我終究還是靠消去法認出了對方的身分。

「妳在做什麼，沙優？」

我翻身問道，鑽進被窩的沙優就「呵呵」地笑了。

沙優的臉比想像中更近，我一瞬間曾感到心動，卻裝成了坐懷不亂的模樣。她撒嬌似的把身體湊過來，並且憨笑。

「畢竟今天是最後相處的機會……我想跟吉田先生一起睡。」

「妳在我家也講過那一套吧。」

「別那麼頑固嘛。這次真真確確是最後了耶？」

沙優的那些話，讓我再次感到心痛。

然而，我努力把那種情緒收進體內深處。

「唉……可以是可以啦。」

我粗聲粗氣地回答，然後挪身到被窩邊緣，以便空出位子給沙優躺。

一人用的被褥要容納兩個人，是有點擠。

「吉田先生，你轉過去。」

「哦？好啊……」

被沙優一說，我心想：「為什麼要那樣？」卻還是照吩咐再次翻身背對她。

於是隔了幾秒鐘，背後有沙優的身體緊貼過來。她緊緊摟住了我的背。

「所、所以妳這是在做什麼……？」

「有什麼關係嘛，才這樣而已，都最後了耶。」

「妳是不是以為只要搬出『最後』這兩個字就百無禁忌了？」

「你會獸性大發嗎？」

「少蠢了。」

儘管我隨口將沙優的玩笑話應付過去。

坦白講，我從背後知覺到沙優的溫暖與柔軟，感受異樣鮮明。

話雖如此，我並沒有動歪腦筋，感覺脈搏固然是快了一點，卻不至於讓我堅拒與她同寢。

沙優也只是盡可能將我摟緊，什麼都沒說。

當背後傳來規律的呼吸聲，我開始心想：她該不會已經睡著了吧？

「吉田先生，我有說過自己會獨立……但是我討厭跟你分開。」

沙優這麼嘀咕。

她會獨立，卻討厭跟我分開。

沙優說這話讓人捉摸不到是什麼意思，我遲疑地想著該怎麼回答。

「……以後妳就不用每天做家務，還有可靠的大哥在啊。不會有事的啦。」

當我總算這麼回話，後頭的沙優就嘻嘻地笑了。

她溫暖的氣息觸及我的背。

「在吉田先生家做家務，我完全不覺得辛苦耶。」

「是喔？」

「嗯……………每天幫最喜歡的人做飯，我很幸福。」

「……」

沙優說的話，讓我怦然心動。

至今以來，我小心翼翼地與沙優建立了互相信賴的關係。

跟最初相比，我覺得沙優變得願意坦然說出自己的心情了。

可是，她從來沒有這麼直接地講出「喜歡」一詞。

即使我明白那句話不是出於戀慕之情，還是難免動心。

「吉田先生，你跟我分開也都不要緊嗎？」

沙優突然朝我問了這麼一句。

我隨之語塞。

沒有沙優的生活。

即使我試著去想像，總覺得大腦就是會拒絕。

想到自己的家，沙優的身影就會跟著出現，配成一套。

「……我不知道。」

我撇清似的這麼說道。

這是我坦然的感想。

以狀況來講，就像我剛才自言自語的一樣……即使沙優不在，我也只是「回歸原狀」罷了。畢竟我本來就是一個人生活。

但是，一度體驗過與沙優的溫暖生活，假使從中回歸原樣，我能不能懷著「這下就回歸原狀了」的想法過生活，不實際那樣過看看也不確定。

只是，有一點我可以斷言。

「不過……我想是會變得寂寞。」

當我這麼補充以後，沙優就再次使了勁……將我緊緊摟住。

「嗯……也對。」

她說道。

沉默再度來臨。

彼此都有話想說，卻什麼也不能說……彷彿有這樣的空氣醞釀出來，讓人不自在。

原本貼在我背後的沙優蠢動起來。

她狀似靜不下來地忽動忽停，持續了好幾分鐘。

「吉田先生。」

突然間，沙優放鬆抱我的力氣，然後說道：

「你轉過來。」

「……？」

我一面感覺到沙優散發的氣息變得跟之前不太一樣……一面照著吩咐把身體轉到了她那邊。

這麼一來，距離比想像中更近的她果然就跟我對上了眼。

沙優的目光悠悠晃晃。

「怎樣啦？」

「呃，既然……都已經是最後了。」

「對啊。」

沙優的視線東瞟西瞟地動個不停。

當我對她顯然在緊張的模樣感到納悶時。

「我們起碼還是……來做一次？」

「做什麼？」

「哎，就是……做……做愛嘛。」

「…………啥？」

沙優臉紅到我在黑暗中也看得出來。

而且，我知道自己受了她影響，臉上也跟著發燙。

假如跟平時一樣，從字句間可以感受到戲弄我的用意，我只需要隨口打發掉就好。

但這次怎麼看都不是那麼回事。

一瞬間，我的腦海裡浮現了就這樣脫掉沙優的衣服，觸摸她身體的畫面……然後我急忙甩了甩頭。

「妳在說什麼啊……！」

「不是啦，那個……你想嘛。應該說，這是為了……避免忘記彼此。」

「唉……。」

沙優說的話，讓我忍不住發出嘆息。

總覺得寂寞的心情，似乎就這樣走歪了。

我對受了氣氛渲染而差點想入非非的自己也感到惱火。

「……即使不做那種事……我也不可能忘記妳啊。」

我望著沙優的眼睛這麼說，她便帶著有所領悟的表情，朝我望了回來。

「我們可是一起相處了半年以上耶。」

跟沙優的回憶在我腦裡浮現，而後淡出。

「既不是情侶，也不是家人的男女，一起度過了半年以上……」

話說到這裡，我溫柔地摸了摸沙優的頭。

「我八成……一輩子也忘不了。」

當我像這樣把話說清楚以後，沙優的眼角就泛上了淚水。

而且，她立刻就撲到我的懷裡，摟住了我。

「嗯……我也忘不了。」

話說完，沙優吸起鼻子。而我摸了摸她的頭，沙優就突然笑了出來。

「我一直在想……沙優，妳長得一臉酷樣，卻動不動就會哭耶。妳以前就是愛哭鬼嗎？」

「囉嗦。因為我最近遇到的都是開心的事情啊，有什麼辦法。」

沙優把臉貼在我的胸膛，一邊吸鼻涕，一邊晃了晃肩膀。

之後，我跟沙優有幾分鐘都沒講話。

當我保持一語不發，便強烈感覺到沙優待在眼前的溫度，心裡暖洋洋的。

想到往後再也感受不到這種溫暖，我還是有點落寞。

「那麼。」

沙優打破沉默，仰望了我。

「還是你摸一摸我的胸部就好？」

「妳很纏人耶。」

我忍俊不住地回話以後，沙優也嘻嘻笑了出來。

於是，在最後一晚，我跟沙優十分靠近，然而始終都沒有深入結合，就這樣緩緩地入睡了。

第12話 別離

隔天，在早上九點左右醒來後，出門離開的有一颯、沙優和我三個人。

我本來還想問候他們的母親，但一颯表示：「家母今天睡得很熟，就別吵醒她了。」讓我打消了主意。

這麼說來，印象中有聽一颯事先提過「家母到深夜都不會睡」，或許那就是委婉表示她有「失眠症」。

她最近的煩惱源頭肯定是沙優才對。既然問題暫且得到解決而讓她得以安睡，那麼別去打擾確實比較好。

何況，我也覺得自己跟沙優母親的對話，肯定在昨天就已「了結」。

話不多說，離開得乾脆俐落，或許算是為了對方好，也是為我自己好。

跟昨天一樣，我們搭上一颯的車，前往機場。

起初我是說「我可以獨自叫計程車回去」，一颯和沙優卻都執意勸阻，結果就三個人一道前往機場了。

「你們明明不用專程來機場的……」

「你付出了這麼多，我們不為你送行的話，實在太離譜了吧。」

「就是啊，吉田先生。你跟沙優的關係即使稱作家人也不為過……」

一颯說到這裡以後，就稍作停頓。

「不嫌棄的話，等你有空，請再過來看看沙優。」

他如此表示。

對於一颯說的話，我想不出該怎麼回覆。

「哈哈，也對……」

我模稜兩可地附和，然後含糊帶過。

我想，自己肯定不會再跟沙優見面。

往後我來看沙優，感覺就會妨礙到她向前進。

我忽然察覺旁邊有視線傳來，轉眼看去，就瞥見沙優從我身上轉開了目光。

彷彿有話想說的她在腿上撥弄著手指，結果卻什麼也沒說，還將視線轉向窗外。

她是怎麼了？在我如此心想的同時，注意力就被沙優的服裝勾住了。

「對了，妳怎麼會穿制服？」

我問道。而沙優生硬地把望著窗外的視線轉過來，為難似的笑了笑。

「唔嗯～怎麼說呢……我自己也不太清楚……總覺得，穿制服就是比較好。」

「什麼跟什麼啊。」

「哈哈，我沒辦法表達耶。不知道為什麼。」

如此回答的沙優似乎在掩飾什麼。

然而，我認為這也不算需要追問的事情，就跟著噤聲了。

在這之後，我們倆都沉默無語。

明明抵達機場後就真的要道別了，我、沙優還有一颯……有很長一段時間，都默默坐在車上。

*

或許是因為沒有像昨天那樣的緊張感，與來程相較之下，回程快多了。

我們轉眼間就抵達機場。

我在車上已經用手機訂好機票，因此只要領完票，接下來就只剩搭機回去而已。

下車後，沙優帶著難以言喻的表情一路跟在我的後頭，直到機場大廳，一颯則是淺淺地微笑，卻同樣沉默不語。

「抱歉，因為車程有點長，我想去洗手間……」

「好，妳去吧。」

抵達大廳之後，沙優有些扭扭捏捏地向一颯搭了話。一颯溫柔點頭說：「在那邊。」並且伸手指了有廁所招牌標示的方向。

沙優對我和一颯雙方使了眼色，然後碎步趕向廁所。

目送她過去以後，一颯回頭看向我這裡。

「吉田先生，你把這收下。」

「……這是？」

一颯從懷裡拿出信封遞了過來。

我收下信封，就感受到那有些重量。

「回程的機票費用。」

一颯爽朗這麼告訴我，我便反射性地猛搖頭。

「不不不，來程就讓你資助得夠多了！再說回程我也已經訂好經濟艙了。」

我特地補上「經濟艙」一詞，是因為從信封的重量，可以料到裡面似乎裝了商務艙所需的費用。

「即使如此，畢竟我們真的受了吉田先生許多關照。這是我感謝的心意。」

「哎，真的不必這樣，心領了。我也是社會人，這份美意一定要請你收回去。」

一颯硬是想將信封交給我，而我設法把信封推回去了。

「假如你非要堅持，請把這筆錢用來幫沙優買些新衣服吧。」

我這麼說道，一颯就眨了眨眼睛，並且噗哧笑了出來。

「吉田先生。」

他狀似傻眼遞聳肩，然後說道：

「其實，你迷上沙優了吧。」

那句話讓我反射性地板起了臉孔。

「怎麼可能？她是高中生耶。」

「真的嗎？我倒覺得戀愛與年齡沒有關係。」

「我偏好年長的大姊啦。」

我在想自己到底一臉認真地對沙優的哥哥都說了些什麼，但是被誤解我把沙優視為戀愛對象更加不妥。

那可會讓累積至今的信賴付諸流水。

一颯明明也了解才對，為什麼事到如今還要像這樣出言調侃？

當我這麼思索時，一颯臉上仍掛著微笑，同時也擺出了比剛才更加認真的表情告訴

我：

「真能有你這樣的男性陪伴沙優，我身為兄長也會放心就是了。」

「……」

一颯說的那句話，看起來實在不像開玩笑，使我變得語塞。

昨晚的事情，頓時從腦海閃過。

沙優提議要跟我做愛，來當成最後的回憶。那時候的她氣質異於平時，一瞬間差點讓我想像了自己跟她發生性行為的情境。

可是，坦白講……我還是沒辦法去想像。

那無非表示，我再怎樣都不會用性方面的眼光去看待沙優。

把她當女孩子疼愛，還有如一颯說的把她當女友接納，是截然不同的兩回事。

「……即使是開玩笑，也請你別那麼說。」

當我總算把話如此挑明，一颯就微微地呼氣，朝我笑了一笑。

「哎，既然吉田先生這麼強調，我就不會再多說什麼。」

一颯微笑著承諾以後，這會兒又朝我挺直背脊。

「吉田先生，真的非常感謝你。」

他緩緩低頭致意。

「沙優終於能向前進了，因為她遇見了你。假如遇見的不是你，就無法為沙優帶來這樣的結果。」

一颯抬起頭以後的表情認真無比。

「你會遇見沙優，想必是不期而遇才對。遇見她的那天，要是你沒有喝醉酒，或者回家的時間早了點，或許根本就不會遇見那孩子。」

聽到一颯這麼說以前，我從來沒有想過。

那天，假如我沒有去跟後藤小姐約會，也沒有被她甩掉，更沒有約橋本一起去喝酒而直接回家的話，或許就不會遇見沙優。

倘若如此，這時候的我，不知道會變成怎樣？還有沙優又會在哪裡，做些什麼呢？

想像到這裡，我便心頭一涼。

「即使如此……我仍得感謝你。」

一颯朝我伸了手。要求握手的姿勢。

「謝謝你發現沙優。」

「……是啊。」

我點頭，並且回握一颯的手。

我們握著手上下擺動幾次以後，一颯淺淺地笑說：

「另外，或許這算是我的私心……」

「咦？」

我把原本落在手上的目光轉向一颯，他就帶著略顯羞赧的表情繼續告訴我：

「如果對吉田先生來說，也同樣覺得跟沙優認識是一段有意義的緣分……我想那就太令人慶幸了。」

對我來說，能夠跟沙優認識。

要回答那是否算一段良緣，答案自然不用說。

「哎，這個嘛……我會向她本人表達。」

當我稍加暗示地這麼說完以後，一颯似乎也會了意，因而笑著從鼻子呼出氣息。

「也對，那樣才好……那麼，請容我就此告辭。」

一颯再次朝我低頭致意。

「謝謝你。回程上也請保重。」

「哪裡，我才要感謝你多方照顧，」

在我們彼此行禮，並且交換笑容以後。

一颯旋踵朝機場門口走去了。

我一邊緩緩吐氣，一邊目送他的背影。

往後，我恐怕也不會再跟一颯見面。

透過沙優，我偶然跟自己也吃過幾次的冷凍食品廠商老闆有了交流，交情還深到能讓我們笑著道別，仔細想想似乎是件了不得的事。

這件事的發生，無疑有其特殊之處。

然而，我並不是靠著什麼偉大的成就才獲得這種結果，單純是「機遇」而已。

我遇見了沙優，遇見了一颯。

如此而已。

「讓你久等了，吉田先生。」

當一颯的背影已經完全看不見時，沙優從廁所回來了。

「咦，我大哥呢？」

「他好像先回車上了。」

「這樣啊。」

沙優跟我說話的模樣，顯得有些生硬。

實際跟沙優獨處，我也變得不知道要說什麼才好。

「……終於，真的要道別了呢。」

沙優打破了短暫沉默說道。

「是啊。」

「即使我不在，你也要好好做家事喔。」

「我會加油。」

被沙優擔心的情境莫名有趣，讓我忍不住笑著點頭。

她看我這樣，也跟著笑逐顏開。

「妳也一樣……高中生活要加油喔。」

聽我這麼一說，沙優溫煦一笑，緩緩地點了點頭。

「嗯……我會的。畢竟我蹺課快一年了嘛。」

話說到這裡，沙優有些刻意地對我咧嘴笑了出來。

即使知道那是在逞強，沙優能在這個場面擺著笑容，仍讓我欣慰。

只是……我想不出下一句話要說什麼。

在我們默默互望時，搭機時間正隨之接近。

「吉田先生。」

先斬斷長長沉默的人是沙優。

我將四處徘徊的目光轉向沙優，就跟凝望而來的她對上視線了。

在她眼裡，看似有某種不同於先前的堅毅熱忱，我自然而然地倒抽一口氣。

「幸好我有逃避。」

沙優明確地這麼告訴我。

「因為我逃到了有吉田先生在的地方。」

我一邊聽著她說，一邊覺得那是之前就已經聽過的話。

可是，那些話比之前聽的時候，更強而有力地傳進了我的耳裡。

或許因為這是離別前夕，或者另有理由，我不清楚。

「昨天，我在睡前思考過。假如我是用其他形式認識吉田先生，不曉得會怎麼樣？比方說，吉田先生變成了我的同學，或是同校的學長，或真的跟我成為一家人……」

沙優拚命地對我訴說。

我看著那樣的她，也稍微做了想像。

假如沙優是我高中時的同班同學，假如她是我學妹，還有，假如她跟我是一家人的話……

我有意想像，思緒卻立刻就停下。

「不過，我還是覺得，那些全都不搭調。幸好，我是遇見現在的吉田先生。」

沙優這麼說的同時，我也有一樣的想法。

在別的地方，以別的立場遇見她。即使要我那樣想像，也難以設想。

假使我們以不同的方式認識，是否會成為留於彼此心裡的存在，我覺得並不好說。

「幸好我遇見的吉田先生既不是同學，也不是一家人，而是留著鬍子的上班族。」

沙優明確地告訴我。

她的眼裡，有一絲閃爍。

「穿著制服的現在，我敢說……能遇見你真的太好了。我是這麼想的。」

話說到這裡，沙優露出了溫和的微笑。

我聽了她說的話，也自然地跟著點點頭。

「我也是。」

沒錯，我剛剛才跟一颯談過的，實際跟沙優兩個人獨處之後，該說的話卻一不小心就從腦袋裡漏掉了。

對我而言，與沙優相遇是怎麼樣的一段緣分？

我覺得，那在跟她離別時，肯定會是最重要的一點。

「我也覺得……能遇見妳實在太好了。多虧有妳，我對自己的了解……比以前多了一點。」

認識沙優以後，我便困惑連連。

我深刻體認到自己以往相信的「正當」並不是一切。

我理解到自己能為他人做的事實在太少。

而且……我學到了努力與他人心靈相通，是多麼寶貴的事。

「……這樣啊。」

沙優聽了我說的話，便羞澀似的揚起嘴角，然後點頭。

短暫的沉默，又出現在我們之間。

沙優狀似想說什麼而抬頭，然後低頭……反覆了好幾次。

接著，她彷彿下定了決心，微微點頭說：

「吉田先生。」

「什麼事？」

沙優的視線，直直地朝著我而來。

「我喜歡你，吉田先生。」

當沙優這麼說的時候，我一瞬間有種感覺，好似耳裡聽不見她這句話以外的聲音。

我莫名地起了雞皮疙瘩，沙優說的話，在腦袋裡打轉著。

字句都確實聽進去了。我跟沙優四目相對，她認真的表情映在我眼裡。

從中我可以曉得，話裡的「含意」，我恐怕也有正確理解到。

唯一缺乏的是，真實感。

此刻，我被女高中生告白了。

「……妳是認真的嗎？」

經過幾秒鐘沉默，我總算說出口的是這種話。

面對我一如往常用戲謔語氣拋出來的話，沙優面色不改，再次點了頭。

「我是認真的喔。」

「……」

對正經之詞回以戲謔的答覆固然令人過意不去，總之我還是感到困惑。

沙優表示她喜歡我。而且，是從異性的角度。

回想起來，沙優昨晚的行動到底與平時不同。因為是最後一次相處機會……就提議跟我從事性行為，即使當成寂寞心理的一體兩面也太過火了。

然而，假如那是基於對我的好感，或許就不算多奇怪的事。

一颯說的話在我腦海裡浮現。

『其實，你迷上沙優了吧。』

……如果真是那樣，或許我們會有既單純又幸福的結局。

「……我對小鬼頭沒有興趣。」

我把印象中在以前也講過的話，又說了一遍。

拿剛認識時與現在來比，我跟沙優的關係想必大有改變。不過，我還是沒辦法想像自己跟沙優「成其好事」。

沙優若是認真的，我就更不能回應她的心意。

「妳很可愛。我是真的這麼認為。但……我還是沒辦法用那種眼光看待妳。」

我把話說清楚以後，沙優彷彿事先就知道我會這麼說，還靜靜地露出了微笑。

接著，她更講出彷彿事先就準備好的台詞。

「那等我不是小鬼頭以後……有沒有機會呢？」

話說完，沙優堅強地當我面前咧嘴笑了。

我不禁莞爾，然後對她點點頭。

「等妳成為不折不扣的社會人以後，或許不無可能。」

坦白講，沙優長成大人後的模樣，對我來說也是全然無法想像，然而在這種場面，我認為一直強調「沒希望」也缺乏意義。

我懷著這種空泛的想法回話之後，沙優便悄悄收起笑容，又擺回嚴肅的表情了。

她再次凝望我的眼睛，並且說：

「那……你要等我。」

那張臉，大概不是說笑時的臉。

目睹她認真等我回答的那副表情，我又對自己幾秒鐘前的想法與用詞感到後悔了。

面對來自沙優的告白，我的答覆橫豎只有「ＮＯ」。

明明那是無可動搖的事實，不知怎地，我就是想把沙優對自己的告白當成「小孩子的可愛情意」，並且委婉地應付過去。

沙優是認真的。

對於認真的告白，我要是不誠懇正直地回答，就有違情理。

「……我不會等妳。」

我緩緩告訴沙優。

「等妳長大的話，我就從大叔變成老頭子了吧。」

沙優在年紀上成為「大人」已經是只剩幾年的事，但我和沙優提到的「長大」，指的並不是「年滿成年」。

沙優從高中畢業以後，無論上不上大學，假如要到她能獨立謀生才稱得上「大人」，我想那仍然有得等。

我的歲數在這段期間將進一步增長，應該會超過三十，並且瀕臨四十吧。

在那之前，沙優肯定還會經歷其他的戀情，當下我要是輕率地說出「自己願意等」，對她而言難保不會變得像「詛咒」一樣。

我緩緩把手放到沙優頭上，摸了摸她的頭髮。

「……人生還長得很。長大以後的事，等妳長大再思考就好。所以……」

我凝視著沙優微微閃爍的眼睛，告訴她：

「妳可以把跟我『認識』的回憶收進盒子裡……然後踏上嶄新的人生。」

我這麼一說，沙優的目光大為閃爍，眼角還泛上了淚水。

然而，她在眉毛上使勁把那忍住，並且搖搖頭。

「那我辦不到。」

「咦？」

「那種事，我辦不到喔。」

沙優朝我靠近一步，牽了我的手。

「後藤小姐跟我談過。她說讀高中在人生當中只會有一次，是非常特別的期間。」

我一邊心想沙優忽然要談的是什麼，一邊聽著她說那些話。

「那段期間有大約六分之一，我都跟吉田先生度過了。」

話說完，沙優再度微笑。

「這段回憶太龐大，我怎麼可能收得起來呢？所以……」

她說著就緊緊握了我的手。

「即使你不等我，我也一定會再去見你。」

那句話讓我發了抖。

我以為，自己不會再跟沙優見面了，她卻打著跟我完全相反的念頭。

長大之後，能做的事情明明會比現在更多，沙優卻表示在那當中，她想要選擇的是

「來東京見我」。

當我打算回些什麼話而開口的時候，機場廣播響起了。

廣播的大意，是在提醒我買了機票的這趟航班搭機時刻已近。

終於到了離別的時刻。

「我明白了。」

我緩緩地點頭。

「我不會等妳。但是……」

我又把手擺到沙優頭上，胡亂摸了幾下。

「對於或許能跟妳再次見面這件事，我會懷著……一絲絲的期待。」

我這麼一說，沙優的目光又大為閃爍了。

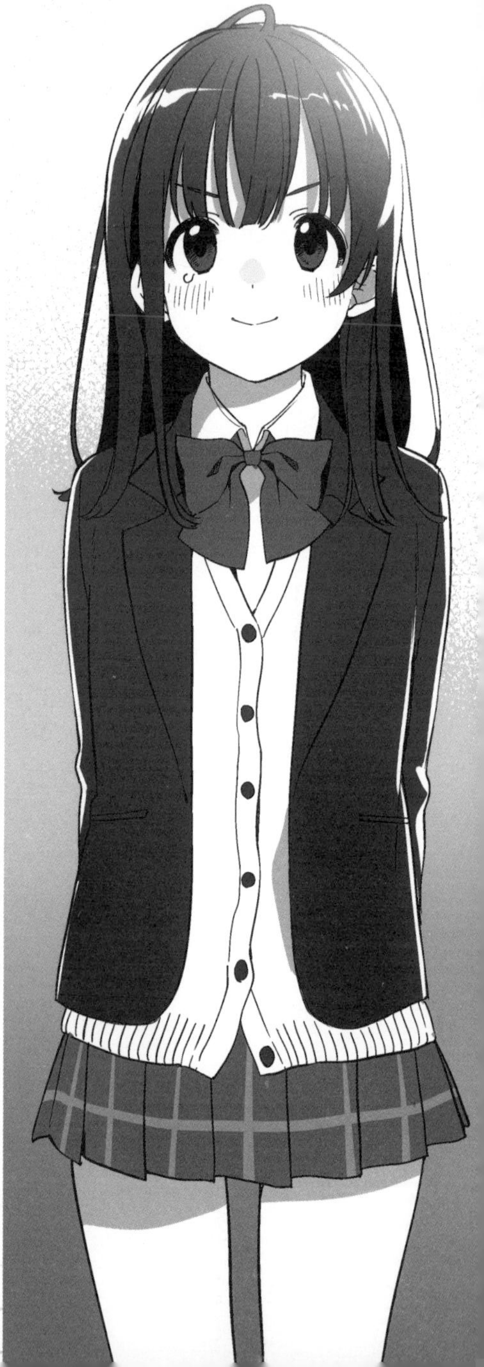

這次，我看見盈滿的淚水沿著她的臉頰流下。

她真的是個愛哭鬼，直到最後仍然如此。

「那麼……再見嘍。」

話說完，我舉起單手。

沙優用制服袖子擦了擦眼淚，對著我擠出微笑。

「嗯……下次再見！」

眼淚又撲簌簌流下來的沙優向我揮了揮手。

我背對沙優，往機場航廈走去。

我跟沙優的同居生活，終於宣告結束。

在我心裡，確實也有落寞的情緒在打轉。

不過，這種情緒肯定也是暫時性的。等我回到家，隔天一如往常地上班以後，一切都會慢慢回歸原狀。

當下所發生的事，任誰都會努力去面對。不過，此刻在我心裡的龐大情緒，肯定也會隨時間沖淡，逐步轉化成美好的回憶吧。

沙優的情意，八成也是同理。

只要她恢復一時荒廢的「高中生」身分，肯定會另有際遇，我想沙優應該可以就近談一段與自己年紀更加相符的戀愛。

所以，我並不認為沙優會為了當我的女朋友，再次來到我身邊。

萬一發生了那種事，到時候，我仍有自己的戀愛要談。

……不過。

一瞬間差點回頭的我硬是忍住，並且繼續向前走。

想看看沙優長大以後的模樣。唯有這股念頭，是存在於我心中的。

等到沙優從無奈獲得解脫，並找出屬於自己的答案……終至長大成人，我會希望再跟她見面。

有這樣的願望在我心中，與此同時，也有自知無法如願的現實情感，在我心裡相互糾結，形成一種無法宣洩的落寞。

我想起自己對沙優說了「再見嘍」。

沙優也回答我「下次再見」。

告別時，我們對彼此道出了期待再會的話語。

或許會發生某種巧合，即使我們得以再次相見，也不足為奇。

我懷著如此天真的想像，在航廈辦理完搭機手續，終於要前往登機口。

通過閘口之前，我忍不住回了頭。

機場裡，來來往往的人流不息，在那當中，看不見沙優的身影。

我不禁「呵」地發出了一聲不好分辨是來自安心或失望的笑。

隨後，我刻意加重腳步聲，走向搭機口。

為了回到沒有沙優在的日常生活。

*

「妳回來了。」

「……嗯。」

沙優回到汽車旁以後，有一種奇妙的沉穩。

「我可以開車出發了嗎？」

「嗯。不要緊。」

「也可以等飛機起飛再走喔。」

「不用。」

沙優坐上副駕駛席，動作俐落地繫了安全帶。

「……直接回去可以嗎？要不要順路去其他地方？」

「回去吧。」

「……我明白了。」

聽完沙優的答覆，我發動引擎。

沙優用了「回去」一詞。

表示她將有母親在的那個家，認作自己要回去的家。

感覺她真的有所覺悟，這令我放心。同時，我更明白大幅提供了助力，讓沙優心境好轉至此的推手，無庸置疑地就是剛才與她道別的人物。

我將車子駛離機場的停車場，行駛在格外寬敞的道路上。

轉眼瞥向沙優，就發現她把頭靠往車窗，還用頭髮遮著右臉頰。

然而，窗戶上完完全全地映出了她的臉孔。

她的臉哭花了。

「……會變得寂寞呢。」

我如此嘀咕，一旁的沙優就往前點了點頭。

「最後，妳有把想說的話統統說出來嗎？」

儘管我認為現在別跟沙優搭話比較好，卻還是忍不住說了一句。

有好一段時間，從鼻子發出抽噎聲的沙優都保持沉默。

當我覺得得不到回答也無妨，就將心思專注於駕駛的時候。

「……這並不是最後啊。」

沙優說道。

光聽那句話，我覺得自己在無形之間，已經體會到沙優內心培育出來的感情有多麼龐大。

「……這樣啊。」

我從鼻子呼了氣，然後回話。

「那麼……妳得加油才行。」

我說道。而一旁的沙優又往前點了點頭。

吉田先生著實令人嫉妒。

我花了漫長時間也無法為妹妹療癒的心傷，他細心地助她調養好了，還成為我妹妹往後活下去的目標。

我一邊握著方向盤，一邊自顧自地哼聲。

沙優看似隨和，她這副性子可是相當固執。

她一旦打定主意，就會有將其貫徹到底的謎樣毅力。

既然那股力量能用於向前進，想必就沒問題了。

「……真期待過幾年以後。」

我用了被引擎聲蓋過的微弱音量嘀咕。

接著，我開始依序思考，為了遲早會開口表示「要到東京打拚」的妹妹，將來自己能做些什麼。

我第一次覺得……思考家人的未來，竟會如此開心。

第13話　生活

我轉動玄關的鑰匙，將門打開。

「我回來了。」

當我這麼說著走進房間裡，強烈感受到的不對勁就先侵襲而來了。

因為房裡電燈都是熄的，一片漆黑。

而且，已經沒有人會對「我回來了」這句話做出回應。

「啊……對喔。」

我緩緩拖下鞋，走向客廳，開了房裡的燈。

坐到床鋪的我深深吐氣。

「沙優已經不在了……」

明明只有一個人，還特地講出這種話，讓我對自己湧上笑意。

我忍俊不住，然後使勁從床鋪起身。

「嗯……過去都是這樣的。」

我一邊嘀咕，一邊在擺設於地板的矮桌周圍走來走去，心裡靜都靜不住。

明明是長年居住的屋子，卻讓我覺得有那裡並不像自己的家。

我繞著屋裡轉了一圈又圈。

「哈哈……」

然後當場無力地坐下來。

「沒想到，這房間還滿寬敞的……」

自言自語的大音量，彷彿被屋裡的空氣逐步吸收。

以前老覺得又窄又小的房間，如今讓我覺得寬廣了點。

沙優不在對我的內心造成了深刻至此的「不對勁」，使我對事態感到愕然。

原本都是這樣的。

我在腦裡反覆玩味這句話，然而毫無意義。

沒想到一度遭改寫的內心標準，要回歸原狀會這麼困難。

有好一段時間……我始終坐在地板，茫然發著呆。

差不多該換掉衣服洗澡了吧……我撐起沉重的腰桿，打開衣櫥。

於是我很快又察覺到，衣櫥裡也不對勁。

平時有沙優的衣服摺好擺著的角落變得頗為冷清。

表示我們在這間屋子長期同居的過程中，沙優的東西逐漸由少變多，到最後甚至讓我覺得「少了她的東西會顯得不對勁」。

可是，我馬上就發現，她的東西並沒有「收得一乾二淨」。

「……？」

「原本沙優擺衣服的位置」幾乎都整理乾淨了，就只留了一件短袖襯衫，整整齊齊摺好放在那裡。

那恐怕是沙優一直穿來當睡衣的Ｔ恤。

最初我跟運動服一塊買給她的衣物。

「沙優忘記帶走了嗎……？」

我嘴巴上是這麼說，卻覺得她把其他行李全帶走了，只忘掉這一件Ｔ恤好像也顯得奇怪。

當我拿起Ｔ恤攤開一看，便發現有東西從摺縫掉了出來。

那是張信紙。

我什麼都還來不及想，就把那撿到手裡。

紙上留著狀似由沙優所寫的圓圓字體。

『我把自己的氣味留在這裡。要一直記得我喔。』

讀過那段文字，平時總會想東想西而遲疑不決的我，馬上把手裡拿著的T恤湊到了鼻子前。

我嗅了嗅T恤的氣味。

「哈……」

我不禁笑了出來。

「還說氣味……這根本是我們家裡的洗衣精味道啊。」

感覺真是荒唐。

抓著T恤的手打了哆嗦。

從T恤傳來的香味，聞起來跟我穿在身上的衣服是一模一樣的味道。

明明如此，沙優的笑容卻陸續從腦海裡浮現。

「為什麼……」

喃喃自語的我，立刻走到了廚房。

我拿出鍋子，裝了水，放上瓦斯爐。

燒開水的這段期間，腦海裡仍浮現了我跟沙優在無心間的對話，還有她的表情不停

轉來轉去，而後消失。

我從冰箱拿出味噌，等鍋子裡的水燒熱，才加進去使其溶化。

什麼料都沒加的味噌湯就這樣煮好了，我用湯杓舀起，並且直接送進嘴裡。

『味噌湯好喝嗎？』

遇見沙優的隔天，她說過的話在我腦裡響起。

「哈哈……」

我隨即感受到，自己的視野暈開扭曲了。

「……一點也不好喝………」

我忍不住當場蹲了下來。肩膀正在顫抖。

自己煮的味噌湯，比之前喝過好幾次的味道鹹得太多，令我難受。

「妳做的味噌湯……真的很棒……」

在我這麼嘀咕的同時，眼角的淚水盈落了。

沙優已經不在這裡。她走出自己的路了。

所以，我也得重新過起一個人的生活才行。

「原來會無法適應的人，是我……」

我卻覺得好悲傷、好寂寞、好不甘心……

熱得像在燃燒的身體只能發抖而已。

「不行，我根本……」

沙優似乎無法從我的生活裡消失。

屋裡缺了沙優，一個人住實在太廣，而且……相較於沙優還住在這裡時，更會持續不停地強調出她的存在。

直至眼下不再有她，沙優的存在之於我的生活有多麼重大，這才讓人恍然大悟。

「沒有這樣子的吧……！」

從喉嚨裡，自然流露出了這種話。

遇見沙優以後，我深入認識那個女孩，而有了想讓她回歸原本生活的念頭。

為此，我跟沙優都努力付出，然後得到了期望的結果。

假如我犯了什麼錯，把事情搞砸，因而換來痛苦的結果，那我完全不會介意。畢竟那是我該受的「報應」。

但是，這不一樣。

照理說，我跟沙優已經企及最理想的結果了。

我們都盡了全力，抵達理應符合期望的終點……換來的感覺卻如此痛苦，那我到底該怎麼辦才好？

難道沙優在機場目送我時，內心懷著的就是這種讓人想要吶喊出來的落寞？

即使如此，她仍對我露出了笑容，還揮手目送我嗎？

假如是這樣的話。

「我根本……比她……更小孩子氣……！」

在沙優面前故作灑脫，等到獨處時馬上就丟人現眼哭出來的自己，簡直羞恥得讓我無地自容。

缺了沙優的這個家，令人寂寞欲狂，而且……變回了幾乎讓我待不住的「原貌」。

止不住的哭聲猶如呻吟，身體也隨著越來越疲倦，我腳步蹣跚地移動到床鋪前面，哭昏似的直接入睡了。

＊

「欸，吉田先生。」

「怎樣？」

「你一個人在家，還是要自炊喔。」

「……這我不敢保證。我會去嘗試……卻不覺得自己能辦到。」

「呵呵，這樣啊。還要記得上班，不可以賴床喔。」

「這……我也不敢保證。畢竟這陣子每天都是妳叫我起床。」

「不行啦。你要一個人把日子過好才行。再說，我也會一個人奮鬥。」

「妳還有母親和哥哥在吧。並不是一個人。」

「或許呢。但是，要那樣說的話，吉田先生，你也一樣啊。」

「嗯？」

「……你有我啊。即使不在身邊……你依然有我。」

「……是嗎。」

「嗯。」

「那……我肯定不要緊。」

「就是啊。我也一樣，肯定不要緊的。」

「是嗎……那就這樣吧。」

「嗯……以後見。」

「好啊……再見。」

＊

鬧鐘響起，我醒了過來。

我將身體撐起，然後環顧客廳，並沒有平時鋪的墊被，也沒有起居的聲音。

「……對喔。是這麼回事。」

嘀咕以後，我從床鋪起身了。

感覺自己好像作了什麼夢。

明明已經很久沒有靠著鬧鐘起床，卻能一下子就清醒過來，令我訝異。

設好在預定起床時間前一小時，會每隔五分響一次的鬧鐘。

鬧鐘第一次響就醒過來的我，先是茫然地杵在客廳，接著拿了菸，來到陽台外頭。

早晨的住宅區，響起了打火機開蓋的清脆聲音。

我吸了口菸，然後吐出。

明明是一如往常的標準流程，心裡卻有奇妙的孤獨感。

我一個人。

我變成了一個人。

每次吐菸，我就有種逐漸將現實接納到心裡的感覺。

那女孩……沙優今天在自己家裡醒來，不知道有什麼想法？

不知道她是否會跟我一樣……感到寂寞。

想到這裡，我自嘲地笑了笑。

「呵呵……蠢斃了。」

我捻熄香菸的火，回到房間。

「……來做早餐吧。」

嘀咕以後，我拿起沙優留在桌上以後就一直都沒動的食譜筆記。

不要緊。

我，還有沙優，肯定都不要緊。

翻著她留下的食譜頁面，我覺得昨晚的那種強烈孤獨感好像慢慢沖淡了。

從今天起，沙優肯定也會開始朝她的未來邁出步伐。

所以，我也一樣。

「好。」

我起身走向冰箱。

於是，冰箱門打開以後，我忍不住笑了出來。

「……今天就吃這些吧。」

在冰箱裡，有預先做好用容器裝起來的大量配菜。

居然從一開始就寵我，她不打算幫助我自立嗎？

我一邊這麼想，一邊就走向盥洗間，跟鏡子面對面。

摸摸下巴，鬍渣的扎人觸感就傳到了手上。

每天都要刮鬍子。

每天都要出門幹活，掙錢，然後回家。

吃三餐，睡覺。

我自覺到，在遇見沙優之前，那套單純固定的流程就是我的「生活」。

「……哈哈。」

我逕自笑了笑，拿起刮鬍刀。

每採取一項動作，都會想起不在身邊的某個人。

更讓我深刻感受到，自己的獨居生活。

「……我會加油。」

嘀咕以後，我按下電動刮鬍刀的開關。

就這樣，有薪假放完，隔天我一下子就回到原本的生活了。

只要踏出那一步，對於缺少沙優的生活，身體適應起來簡直到了迎刃而解的地步。

畢竟這真的只是「回歸原狀」而已。

我變回了單純的ＩＴ企業上班族，而不是任何未成年人的保護者。

即使如此……我待在家裡，仍不時會突然感覺到「空白」。

洗澡時。

用洗衣機時。

偶爾嘗試自炊時。

我會稍稍想起……那個不時露出笑容，還笑得很有特色的女高中生。

尾聲

「到這裡為止，有哪一位聽了有疑問嗎？」

三島在投影機前用了乾脆爽快的口氣這麼問，然後環顧整間會議室。

我認為整體來講是設計得不錯的計畫，卻還是奮然舉手。

三島一瞬間露出氣惱的表情，卻還是指了我的手。

「請說，吉田前輩。」

「首先在工時與交件日期方面，因為有收取保證金，我認為是妥當的。」

「……謝謝。咦？不對，我剛才講的是誰有疑問……」

「我進而要請教的是，我們部門根本一次都沒有接觸過這個類別的設計，所以收取保證金是出於什麼想法？還有，我希望了解該設計是否有人負責監修。」

我一問，三島就發出了「啊～」的回話聲，然後狀似有自信地點了頭。

「關於那一點沒有問題。其實這項措施，仙台分社好像早在幾年前就規劃在內了。」

「仙台？」

「換句話說，就是我待過的分社。」

坐在我對面的神田學姊幫腔似的舉了手。

「啊～……所以相關的辦法，該不會都取自那裡吧？」

我信服似的望向神田學姊，她便緩緩點頭。

「正是這麼一回事。我待過的部門很切近該項措施的核心，所以這次才會過來擔任幫手，替三島小姐提出的類似企畫進行監修。」

平時應該都在其他部門忙其他工作的神田學姊跑來出席這次討論，我本來還納悶是怎麼回事……不過這樣的話，我的疑問等於在同一時間得到解決了。

「意思是在神田小姐看來，工時如此制定並沒有問題嘍？」

我為了確認而指著手邊的資料問，學姊就不假思索地點了頭。

「嗯，我認為期程相當有寬裕。畢竟三島小姐也事先找我商量過了。」

被神田學姊這麼一說，我轉眼看向三島那邊。而三島不知怎地就略顯害臊似的搔了搔鼻尖。

「既然如此，我沒有其他意見。」

我點頭以後，三島也略顯放心地吐了口氣。

「了解。還有人要發言嗎？沒有的話，請容我繼續進行說明。」

三島朝室內看了一圈，好似在等其他同仁舉手，不過並無其他發言，因此措施會議又進行下去了。

看她將會議主持得乾淨俐落，我覺得自己有幾分深刻的感觸。

＊

「沒想到，三島居然能主導企畫案了耶。」

橋本一邊在餐廳吃著炒飯套餐，一邊說道。

「幾年前根本無法想像。」

「對啊。從頭栽培她終於有了回報。」

我一如往常地把中華麵吸進嘴裡，然後點頭，三島就擺出了露骨的排斥臉色。

「唉唷，你們都太誇張了啦。」

「妳一開始不是把所有力氣都用在偷懶嗎？」

被我說破的三島為之語塞，就用筷子將烤鮭魚夾碎了。

「哎……我的心態跟當時已經不一樣了啊。」

「……是嗎。」

三島改變心態的理由，大致上我自認理解。

我跟她……在這幾年都經歷了許多事。

「我是覺得，自己差不多也可以試著以工作為樂了嘛！更重要的是遇到困難的話，我就要用全力仰賴你們兩位了喔！」

三島興沖沖地這麼說，並且大口吃起了夾碎的鮭魚。

橋本看到她那樣，就取笑似的跟著聳了聳肩，然後開始專心吃炒飯。

栽培的部下有所成長，我覺得工作比幾年前輕鬆了一些。

這年我將滿二十八，距離三十歲……終於來到了只剩幾步之遙的節骨眼。

就這樣在工作裡尋求成就感而活，想必也有其樂趣……但是，我有一段長達數年的愛情長跑尚未結束。

「吉田，辛苦你了。」

下班時間已至，當我準備歸宅時，後藤小姐來到了我的座位。

這陣子，她不把我叫到自己座位，而是專程過來我這裡的狀況變多了。

「辛苦了。請問怎麼了嗎？」

「我是想問問看，你之後有沒有空？」

「呃……要一起吃飯嗎？」

我反問，而後藤小姐當場點頭如搗蒜。

最近後藤小姐主動邀我吃飯的狀況一樣變多了，反過來看，由我主動邀她的情形也偶有出現。

至今我跟後藤小姐還是沒有變成「情侶關係」，心靈上卻有逐漸拉近的感覺。

她的晚餐之邀固然令我開心，不巧的是，今天有別人先約了。

「不好意思，很高興妳能邀我，但今天不太方便……」

「哎呀，有別人約你了嗎？」

「對，住在附近的熟人有點事情要找我。」

「呼嗯～這樣啊。」

後藤小姐一瞬間露出了狀似有話想問的臉色，卻立刻就微微嘆了氣，然後點頭。

「那就沒辦法嘍。改天我再邀你。辛苦了。」

「好的！辛苦了！」

我一邊側眼看著後藤小姐旋踵回到自己的辦公桌，一邊心想自己做了件憾事……還咬住下嘴唇。

我會推掉後藤小姐的約會，是因為今天麻美找我出去。

對於這一點，我自己也覺得驚訝，但我到現在仍然有跟麻美保持聯繫，有時候也會跟她碰面。

她現在也已經是大學生了。

據說麻美讀的是文學系，偶爾接到聯絡，她就會跑來我家，讓我讀自己寫的小說。

今天為的恐怕也是這一樁。

老實講，我並沒有把閱讀小說當興趣，因此與其被麻美逼著讀她的小說，還不如跟後藤小姐去吃飯……我倒不是沒有這樣的想法，但是基本上，我的原則始終是以先約的一方為重。

「我先失陪了。」

離開辦公室以後，我趕在回家路上，都沒有到其他地方逗留。

撇開小說不談，聽麻美分享大學生活的近況，我倒是滿喜歡的。

每次跟麻美聊天，我都會對另一個「女高中生」的現況稍作想像。

*

在離家最近的車站下車以後，我踏上歸宅的路途，並且發簡訊給麻美。

『要在哪裡碰面？』

訊息發送後，隨即顯示為已讀，過幾秒就得到了回覆。

『在吉田先生家就行了吧。』

對方如此回訊。

麻美在這幾年來……沉穩了許多。

她沒有再管我叫「吉田仔」，頭髮也改染較穩重的褐色……最大的變化是，講話方式變自然了。

雖然我不清楚麻美究竟有什麼樣的心境轉變，才會改掉以往的說話方式……不過，跟她講話明顯比以前來得輕鬆，因此我覺得這樣就好了。

『明白了。』

我回覆之後，麻美毫無停頓地又發了訊息過來。

『你已經到了嗎？』

她寫的內容讓我偏了頭。

『就快到啦，妳該不會已經到了吧？』

我這麼回她訊息，手機便發出震動，是麻美來電。

「怎樣？」

我點擊畫面接聽。

『已經到最近的車站了嗎？』

「我正在走回家的路上。」

『啊，是喔！滿快的嘛，你沒有買晚餐之類的吧？』

「我打算在家裡隨便開伙就是了，妳也要吃嗎？」

『是嗎是嗎！那就好！那麼你直接走回來～等你喔！』

「好啦……啥……居然掛斷了。」

被麻美單方面掛電話，我只好板著臉孔將手機收回口袋。

那女孩習慣自顧自地把事情一股腦講完，這並不是今天才開始的。

雖然我想問麻美是不是已經到我家了……哎，反正她在的話，事情就好說；假如她還沒有到，那我就有時間慢慢換家居服。

當我一邊想著這些，一邊走在住宅區時。

忽然間，我覺得景色有異，因而停下了腳步。

不遠處的電線桿底下，可以看見有人縮在那裡。

我不由自主地深深倒抽一口氣。

因為我對那道人影有印象。

穿著一身成熟服裝的美麗女性。

受街燈照耀，顯得略偏栗子色，還帶有光澤的黑色秀髮。

淡淡的妝，光那樣修飾便足夠的標致臉蛋。

跟我記憶中的「她」全然不同。但是我認得出來，那就是「她」。

現實感仍未隨之而來，我就慢慢、慢慢地靠近了那根電線桿。

接著，我向那底下的人搭話。

「……妳在這種時間晃來做什麼啊？」

我一開口，電線桿下的女性頓時抬頭仰望我。

「你的鬍子，稍微長出來嘍。」

對方臉上洋溢著淡淡微笑，還對我這麼說道。

「……即使早上刮過，到晚上就已經長出來了。」

「哦。原來你有每天刮啊。」

「是啊。畢竟有人說過我不適合留鬍子。」

「呵呵，是這樣喔。」

女性被逗樂似的嘻嘻笑著聳了聳肩，並且凝視我。

我也從正面凝望她。

「妳那樣打扮也挺合適的。」

「對吧？這可是我珍藏的一套服裝。」

話說完以後，她拎起成熟素雅的洋裝裙襬。

成熟服裝，還有成熟的表情。

一切都跟那時候不同。

然而，卻讓我感到無比懷念。

「吉田先生。」

眼前的女性緩緩開口。

「我們，又見面了呢。」

心頭熱了起來。

或許我在內心的某處，一直都盼望著這天，肯定是的。

我們單純只是遇見了彼此，然後，再度走上了一個人的路。

接著，又見面了。

這次並非偶然。

在彼此人生的腳步中，實實在在地，再次有了交集。
沒想到那竟能如此令我欣喜，令我驕傲。

「是啊……我們又見面了，沙優。」

我呼喚她的名字，她便羞澀似的露出了微笑。
而且，她帶著使壞似的表情對我說：
「讓我留宿嘛，大叔。」
聽見那句話，我忍不住噗哧笑了出來，並且點頭。
「雖然家裡還會有另一個聒噪的人，可以嗎？」
「當然。」
這場重逢恐怕是由某個女大學生所安排。而我們倆一邊想著她，一邊朝彼此笑。

在我的人生中，沙優是什麼樣的存在？
打算設法忘記她的我，一直在想這個問題。
但是，至今我仍未得出解答。

她……是否成功「證明」了呢？

她是否能肯定，在自己的人生中跟我認識，對她而言是一件「好事」呢？

我想好好地聽她談一談這些。

我的人生仍會繼續。

沙優的人生也一樣會繼續下去。

沒刮乾淨的鬍子，或者女高中生的制服。

可以知道的是，即使去掉那些「記號」，我跟她之間依然銘記著彼此的存在。

溫暖、無奈且無可取代。

在將來的漫長旅程中，我會緊握與她的這段歷史，然後……逐步走去。

對她來說，假如也一樣的話，那就太好了。

「欸。」

沙優在旁嘀咕了一句。

她側眼看著我，並且開口：

「我回來了，吉田先生。」

沙優她……就這樣對著我，露出了憨笑。

（完）

後記

吉田這個男人說來是獨善其身的，在道德上也有缺陷，儘管人格如此，又自告奮勇想幫助他人，是個無可救藥的人。

即使吉田的為人如此無可救藥，對沙優這個懷有自相矛盾及絕望心理的少女來說，他仍是通往救贖的人物。

與他人結緣，八成就是成立在如此奇蹟性的均衡之上。

假如當時沒有遇見那個人，會怎麼樣？

人生將不停重複那樣的因緣際會，並且持續下去。

希望這本書，對您而言就是「那樣的際遇」。

我打從心裡如此祈願。

把我發掘出來的W編輯。

用迷人笑容激勵我的S編輯。

積極為我打氣的K編輯。
瀟灑地守候著我的S主編。
設身處地陪我商量的K主編。
尊重我的想法甚於諸多狀況的N編輯。
為角色注入生命的ぶーた老師。
幫忙撐起漫畫版與原作第4集的足立いまる老師。
戮力行銷本作的各位業務。
參與校稿的各位人士。
傾注全力將本作改編成動畫的各位工作人員。
為動畫配音的各位聲優。
支持我的各位朋友。
願意聲援我的家人們。
還有……陪伴這部作品直到最後的各位讀者。
誠摯感謝大家。
能遇見各位，成了我人生中最大的幸福。
對各位來說，假如也一樣的話，那就太好了。

那麼，願我們能在別處再次相見。

しめさば

繼母的拖油瓶是我的前女友 1~5 待續

作者：紙城境介　插畫：たかやKi

純真無悔的單相思，
以及再次萌芽的初戀將會如何發展——？

自從結女在夏日祭典確定了自己的感情後，兩人變得更加在意彼此。而當暑假將近尾聲，照慣例泡在水斗房間的伊佐奈，不慎被結女母親撞見她與水斗的嬉鬧場面，在眾人眼中升級成了「現任女友」！然後，伊佐奈與水斗的傳聞，進一步傳遍新學期的高中……

各 **NT$220~250/HK$73~83**

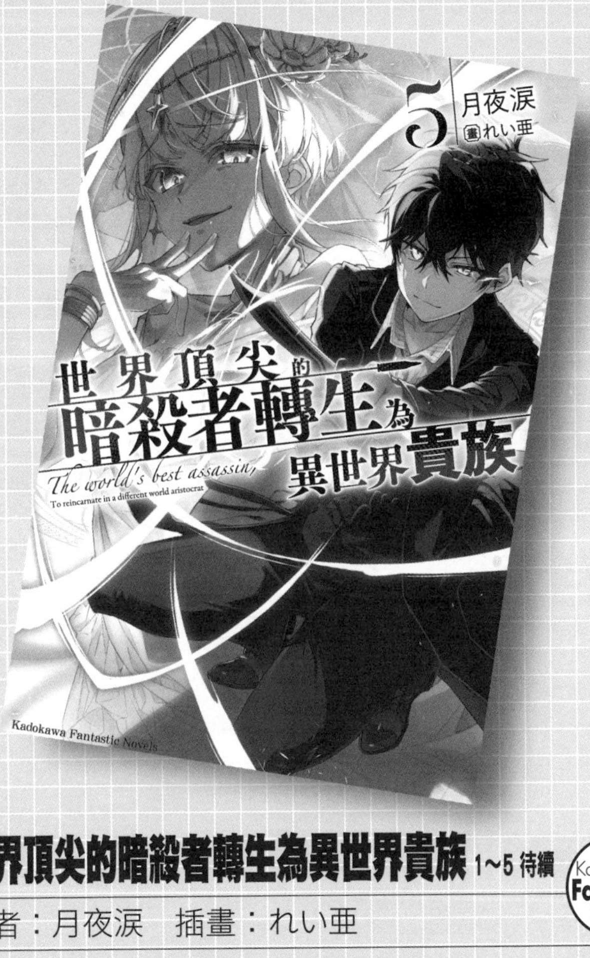

世界頂尖的暗殺者轉生為異世界貴族 1~5 待續

Kadokawa Fantastic Novels

作者：月夜涙　插畫：れい亜

女神將暗殺者召來面前究竟有何用意？
最強×無敵的超人氣刺客奇幻作品第五幕。

盧各等人成功討伐第三頭魔族後回到圖哈德領。顯赫戰功使王室對盧各信賴有加，卻有嫉妒的貴族正在對圖哈德家暗施毒計。盧各遂對威脅人類的魔族以及扯後腿的小人執行暗殺計畫，不料突然陷入沉眠，重生後相隔十四年與「肇端」的女神再次相會！

各 **NT$220/HK$73**

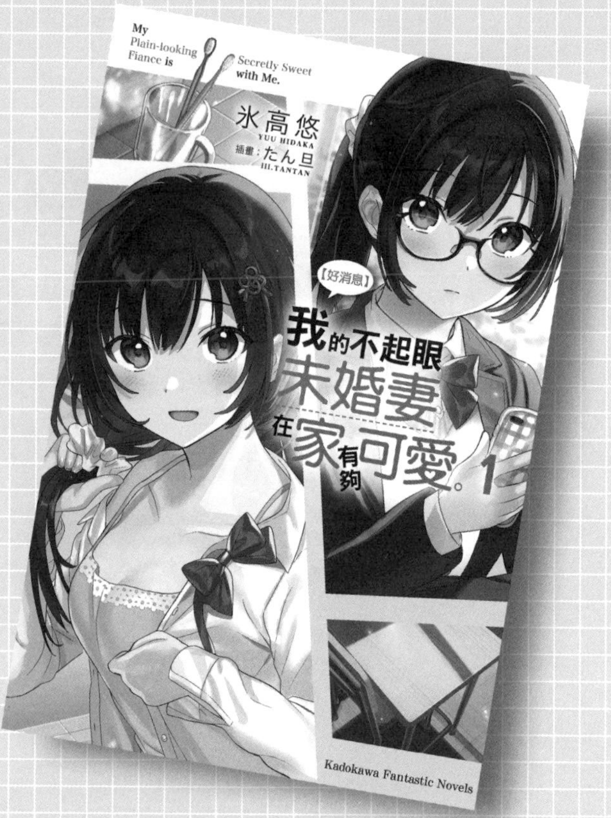

【好消息】我的不起眼未婚妻在家有夠可愛。 1 待續

Kadokawa Fantastic Novels

作者：冰高悠　插畫：たん旦

樸素的同班同學成了我的未婚妻？
她在家裡真正的面貌只有我知道。

佐方遊一就讀高二，只對二次元有興趣。某天，不起眼的同班同學綿苗結花成了他的未婚妻？兩人開始一起生活，沒想到他們有一樣的興趣，一拍即合。「一起洗澡吧？」「我可是有心理準備要一起睡喔。」而且結花漸漸大膽到在學校無法想像的地步？

NTNT200/HK$67

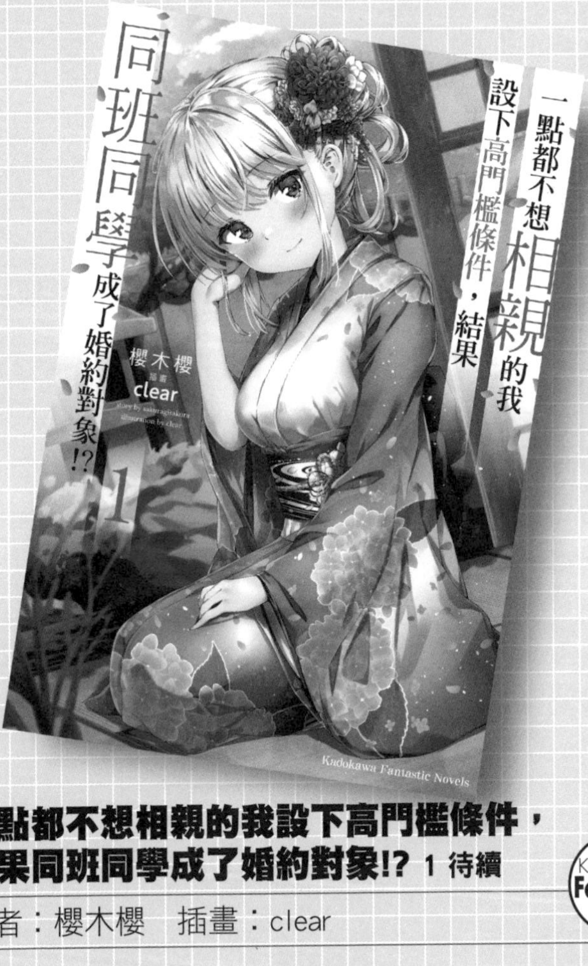

一點都不想相親的我設下高門檻條件，
結果同班同學成了婚約對象!? 1 待續

Kadokawa Fantastic Novels

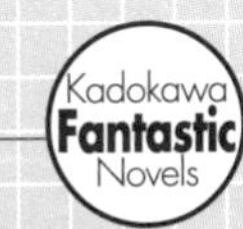

作者：櫻木櫻　插畫：clear

從假婚約開始的純真戀愛喜劇，
就此揭開序幕。

高瀨川由弦對逼他相親的祖父提出「若是金髮碧眼白皮膚的美少女就考慮看看」的高門檻要求，結果現身眼前的是同班同學雪城愛理沙？兩人基於各種考量訂下假「婚約」，並為了圓謊而共度許多甜蜜時光。此時家人卻說「想看你們親暱的照片」……！

NT$250/HK$83

國家圖書館出版品預行編目資料

刮掉鬍子的我與撿到的女高中生/しめさば作 ；
鄭人彥譯. -- 初版. -- 臺北市 : 臺灣角川股份有
限公司, 2022.01

冊； 公分. -- (Kadokawa fantastic novels)

譯自 : ひげを剃る。そして女子高生を拾う。

ISBN 978-626-321-113-1(第5冊 : 平裝)

861.57 110019000

Kadokawa
Fantastic
Novels

刮掉鬍子的我與撿到的女高中生 5（完）

（原著名：ひげを剃る。そして女子高生を拾う。5）

2022年2月10日　初版第1刷發行

作　　者：しめさば
插　　畫：ぶーた
譯　　者：鄭人彥

發 行 人：岩崎剛人
總 編 輯：蔡佩芬
編　　輯：邱瓈萱
美術設計：宋芳茹
印　　務：李明修（主任）、張加恩（主任）、張凱棋

發 行 所：台灣角川股份有限公司
地　　址：104台北市中山區松江路223號3樓
電　　話：（02）2515-3000
傳　　真：（02）2515-0033
網　　址：www.kadokawa.com.tw
劃撥帳戶：台灣角川股份有限公司
劃撥帳號：19487412
法律顧問：有澤法律事務所
製　　版：巨茂科技印刷有限公司
ＩＳＢＮ：978-626-321-113-1